Histoires à vivre avec ou sans vous

Nouvelles

© 2022 Jean-Luc Rogge

Édition : BoD – Books on Demand, info@bod.fr

Impression :BoD - Books on Demand, In de Tarpen 42, Norderstedt (Allemagne)

Impression à la demande
ISBN : 978-2-3224-6153-0

Dépôt légal : novembre 2022
Nouvelle édition revue par l'auteur
1ʳᵉ publication : juin 2014

Photo de couverture : Solène Rogge

Merci à Solène pour sa précieuse collaboration

Du même auteur :

- Histoires singulières
- Histoires fâcheuses
- De bien curieuses histoires
- Dérapages inattendus
- Fractures familiales
- Rien de grave, je t'assure

Jean-Luc Rogge

Histoires à vivre avec ou sans vous

Nouvelles

Décidément, le monde ne va pas bien.

Je me suis levé tôt ce matin-là.

Encore à moitié endormi, j'ai allumé machinalement la télévision avant de prendre mon petit-déjeuner. Je suis tombé sur William Leymergie, plus raide que jamais. Six heures trente : il lançait le premier journal de Télématin.

Après un premier sujet sur les résultats des élections municipales et la percée du Front National — six maires élus directement au premier tour, bonjour le fascisme —, la présentatrice nous balança sans broncher que, selon un rapport de l'OMS, la pollution atmosphérique avait tué sept millions de personnes en 2012. Sept millions, rien que ça ! Mais, comme pour nous rassurer, elle ajouta que les régions les plus touchées dans le monde sont l'Asie et le Pacifique avec cinq millions cent mille décès. Oui, bien sûr, cela change tout !

Je n'ai pas supporté : j'ai éteint la télé et je suis allé chercher le journal qui m'attendait dans la boîte. Je l'ai ouvert au hasard et je suis tombé sur la page des faits divers. Tout en terminant mon expresso, j'ai ainsi pris connaissance de la condamnation d'un père et de son fils pour s'être filmés en train de torturer des animaux, de la découverte de trois enfants affamés en Californie et de la condamnation d'un prêtre de quatre-vingt-cinq ans à quinze années de prison pour plus de vingt actes de pédophilie.

Je n'ai plus continué. J'ai balancé cette feuille de chou dans la poubelle.

Décidément, me suis-je dit, le monde ne va pas bien, et je ne vais pas bien.

J'ai cinquante-cinq balais, je vis seul dans un deux-pièces cossu du centre d'Hénin-Beaumont, l'une de ces villes dont les habitants viennent d'élire au premier tour un maire du FN — comment pourrais-je encore à présent saluer mes voisins sans savoir s'ils font partie des irresponsables ? — et ma femme s'est tirée il y a six mois avec son masseur préféré.

Ah ! ma chère et tendre. Nous venions de fêter nos noces d'argent lorsqu'elle s'est envolée. Elle m'a sorti le refrain usuel de l'usure du temps, de la tendresse qui, insidieusement, avait remplacé l'amour, de son besoin de vivre une nouvelle et, peut-être, dernière grande aventure ; de son souhait de nous voir rester amis...

Bref, elle m'a plaqué pour aller se faire enfiler ailleurs.

Aux yeux de tous nos amis, nous représentions pourtant l'exemple à suivre, le couple idéal. Jamais un mot plus haut que l'autre, jamais de discussion envenimée ; une joie mutuelle à nous retrouver chaque matin, à partager la même existence. Le bonheur, quoi !

Je ne comprends toujours pas sa décision. Un bon coup de trique a suffi pour tout détruire. Et elle voudrait qu'on reste amis ! Non mais elle rêve ou quoi ?

J'ai aussi une fille de vingt-trois ans : une lesbienne qui vit en concubinage avec une meuf de son âge depuis plus deux ans. Elle m'appelle bien de temps à autre mais, hormis des banalités, nous n'avons rien à nous dire. Nous n'avons jamais rien eu à nous dire.

Au boulot, j'étais cadre dans une entreprise de transport à la tête d'une équipe d'une trentaine de personnes. Je m'y suis investi pendant près de trente ans mais il a suffi d'une restructuration — le rachat de la boîte par une multinationale — pour que l'on me fasse comprendre que les nouvelles méthodes de travail voulues par les nouveaux patrons n'étaient pas destinées aux ancêtres de la maison. Sans avoir eu le temps de m'y préparer, je me suis retrouvé chez moi, en pantoufles, en prépension.

Décidément, le monde ne va pas bien et je ne vais pas bien.

C'est ce matin-là, sous la douche, que j'ai décidé de tout plaquer. « Serge, me suis-je dit, fous le camp, fous le camp d'ici avant d'étouffer, avant d'éclater, avant de faire des conneries. Rien ne te retient dans ce coin pourri. Personne ne te regrettera. Tu ne regretteras personne. Tu es libre mec, libre. Réveille-toi car la ligne d'arrivée est peut-être moins éloignée que tu ne te l'imagines. » Et, tout en m'habillant, l'esprit soudain plus clair, l'évidence m'a sauté aux yeux : il fallait que je m'échappe, que je quitte tout. Immédiatement.

Deux mois plus tard, après un tas de tracasseries administratives plus énervantes les unes que les autres, j'emménageais ici. Mon nouveau chez moi est une vieille maison rustique entièrement meublée et encore parfaitement habitable. Elle est située au calme dans un village de cinq cents habitants, loin des brumes du Pas-de-Calais, et possède un magnifique jardin arboré pour lequel j'ai craqué.

Nouvelle vie, nouveau départ, je n'ai rien emporté hormis quelques objets usuels indispensables et une vingtaine de livres dont, pour rien au monde, je ne me séparerais.

Adieu ordinateur, smartphone et télévision. Le téléphone fixe du logis pourra me suffire, pensais-je, comme seul contact avec le monde. Sur ma lancée, j'ai vendu ma bagnole trop rutilante pour ce bled et acheté une vieille Mégane d'occasion.

J'appréhendais énormément la rencontre avec les habitants du village — l'étranger n'est-il pas, depuis la nuit des temps, perçu comme un ennemi potentiel ? — mais, contrairement à mes craintes, l'accueil fut chaleureux.

Le maire, un type de mon âge, très jovial, organisa même très vite une petite réception de bienvenue en mon honneur un dimanche après-midi dans l'unique bar du village.

Bien lui en prit, l'ambiance fut festive, la fête bien arrosée, et chacun semblait satisfait que la maison du vieux bougre puisse enfin être à nouveau occupée après tant d'années. Et à vrai dire, la nuit venue, bien que je ne sache toujours pas qui était ce bougre, l'ancien propriétaire, il me semblait faire partie des leurs depuis longtemps.

J'avais de nouveaux amis. Je me sentais bien !

Très vite, j'adoptai deux chats, ou plus exactement, deux chats m'adoptèrent.

Je devais habiter la maison depuis moins d'une semaine et j'étais occupé en fin d'après-midi de tenter de réparer la charnière de l'un des volets de la façade lorsqu'un miaulement plaintif m'interrompit. Je me retournai et aperçus derrière un buisson, à quelques mètres, une chatte malingre au pelage brun tacheté de gris. « Eh bien, lui dis-je, d'où sors-tu minette ? » Pour toute réponse, elle repoussa son cri d'affamée. J'entrai lui chercher un morceau de jambon et tentai ensuite de m'en approcher mais madame me fit comprendre qu'elle préférait que nous tenions nos distances et qu'il était souhaitable que je lui jette le morceau de nourriture. J'obtempérai. Elle le dévora et disparut. Je crus en être quitte mais quelques minutes plus tard, elle réapparaissait tenant dans sa gueule un chaton aux poils roux et blanc. Elle le déposa près du buisson, commença à se lécher et attendit…

Le lendemain, nous étions installés confortablement tous les trois à la maison. Je décidai de les nommer Minouche et Papou.

Ma solitude n'avait pas duré.

Nous habitons le coin depuis six mois.
Le printemps s'installe, la nature reprend vie.
Durant ce semestre, sinon profiter du temps qui passe, je n'ai rien fait et, cependant, pas une seule seconde je ne me suis ennuyé.

Avant, j'étais toujours tendu, stressé, anxieux, obsédé par les résultats à obtenir. Le vide du dimanche m'horrifiait ; il me fallait vivre dans l'urgence, participer à la course au profit, au chaos infernal. Mais comment ai-je pu être aveuglé à ce point, toutes ces années ?

À présent, ma pension me permet de vivre sans travailler et j'en profite. Pleinement ! Je vis au rythme de Minouche et Papou, dans l'instant présent, sans me soucier du lendemain. Jamais, je ne serais cru capable de cette vie d'ermite, proche de la nature. Cette nouvelle existence me plaît !

Pour me tenir au courant des nouvelles du monde, j'ai pris pour habitude de me rendre au bar du village chaque dimanche midi et d'y prendre l'apéro. J'en profite pour jeter un œil sur le journal local qui y traîne. Cela suffit largement à mon besoin d'informations. Avec les habitués du comptoir, on discute, on alimente les cancans du village, on boit un coup, on boit deux coups, on rit beaucoup.

Et puis un jour, elle est entrée.

Ils se sont tus. Tous. Immédiatement. Instantanément. Installé sur un tabouret face au comptoir, je n'ai pas compris de suite la raison du silence pesant qui avait envahi le bar. Je faillis trébucher en voulant me retourner mais nul n'y fit attention, trop occupés qu'ils étaient à l'observer, à l'épier, à lui balancer des regards haineux.

Alors, la main toujours sur la clenche de la porte qu'elle venait de refermer, elle a parlé. Elle a parlé d'un ton calme et posé, en prenant soin de respirer quelques interminables secondes entre chacune de ses phrases, laissant le temps à chaque client présent la possibilité de lui répondre :

— Eh bien ! vous en faites des gueules...
— Ah ! merci pour l'accueil, vous n'avez donc rien oublié...
— Mais je n'ai nui à aucun d'entre vous à ce que je sache...
— Enfin, vous m'avez reconnue, c'est déjà ça...
— Vous pourriez me souhaiter la bienvenue, non ? Prendre de mes nouvelles après tout ce temps...

Visiblement dépitée par l'absence totale de réaction, elle a soulevé les épaules et s'est approchée du comptoir et a murmuré :
— Oh ! merde, vous me faites vraiment chier.
Puis, plus haut, s'adressant au patron :
— Marc, comme dab, un panaché, s'il te plaît.

Elle s'est ensuite installée sur un tabouret libre à mes côtés et elle a attendu, le regard dans le vide, que Marc veuille bien lui servir sa consommation. Comme à contrecœur, celui-ci s'est exécuté et, sans que je comprenne bien pourquoi, ils ont tous rapidement terminé leur verre et se sont éclipsés les uns après les autres. Sans un regard dans sa direction, sans un mot.

Et alors que les derniers franchissaient le seuil, elle leur a lancé d'un ton désespéré :

— J'ai pas la peste, hein !

Nous restons à trois dans le bistrot, silencieux !

Tandis que Marc, le patron, débarrasse les tables, je l'observe sirotant lentement sa bière. Je suis décontenancé : « Bon Dieu, cette nana c'est le diable ou quoi ? ».

Je la toise de biais. Elle est plutôt mignonne, assez grande — à vue d'œil, près d'un mètre quatre-vingts —, élancée, les cheveux bruns mi-longs, très raides. Elle doit avoir un peu plus de trente ans et porte un jean délavé et un polo échancré qui laisse deviner une poitrine ferme et menue. Alors que j'en suis à deviner la forme de ses seins – j'opte pour la poire – elle me sort brusquement de ma contemplation.

— Ils te plaisent mes nibards ?

Comme un gosse surpris en flagrant délit de gros interdit, je rougis. Je la regarde et je rougis. Puis, prenant conscience de l'absurdité de ma gêne, je souris.

Visiblement satisfaite de son effet, elle me renvoie mon sourire.

Je la sens soudain plus détendue. Elle reprend son verre, le porte aux lèvres, avale une nouvelle gorgée de bière et me demande ce que je branle dans un trou pareil. Avant que j'aie pu lui répondre, Marc intervient :

— Pauline, n'emmerde pas mes clients. D'ailleurs, c'est l'heure de la sieste. Je vais fermer.

Elle le regarde d'un air incrédule, se cabre et éclate :

— Non, mais ce n'est pas vrai ! Oh ! je savais que vous n'alliez pas m'accueillir les bras ouverts, mais une telle hostilité, une telle animosité, ça non, je ne l'avais pas imaginé, même dans mes cauchemars les plus horribles, et Dieu sait si j'ai pu en faire des cauchemars.

— Mais pourquoi t'es revenue, Pauline ? lui répond Marc, visiblement irrité.

— Mais où voulais-tu que j'aille, mec ? Où voulais-tu que j'aille, sinon ici, après douze années de cabane. J'ai plus personne dans la vie, tu comprends ? Plus personne. Tu peux comprendre ça, Marc ? Toi, t'es pas aussi borné que les autres, je le sais. J'ai quand même le droit de revenir vivre dans la maison dans laquelle j'ai passé les vingt premières années de ma vie, non ?

— T'aurais pas dû revenir Pauline. Pas après ce que tu as fait.

— J'ai payé, Marc. N'oublie pas. J'ai payé.

— Pauline, on t'avait tous zappé de notre disque dur, ici. Y'a pas à dire, mais les mauvais souvenirs, si on veut vivre, faut pouvoir les oublier. Faut qu'ils restent enfouis dans un coin et qu'ils ne ressurgissent jamais.

— Bande de salauds.

— Oh ! Pauline, du calme, hein ! Parce que tes vieux, tu les as butés quand même.

Comme assommée, telle un automate, Pauline se lève alors et s'éloigne du comptoir. Elle enfonce une main dans la poche droite de son jean et en ressort quelques pièces de monnaie qu'elle lance violemment par terre aux pieds de Marc. Les larmes aux yeux, livide, elle se dirige ensuite vers la porte d'entrée restée ouverte et, sans le moindre regard dans notre direction, en franchit le seuil.

Cloué sur mon tabouret, j'ai assisté, comme un intrus, à toute la scène. Je me sens mal, très mal.

Choqué, je quitte le bar à mon tour et, perdu dans mes pensées, remonte lentement à pied la rue principale qui mène à mon logis, situé à un petit kilomètre de la place du village.

Arrivé à hauteur de l'arrêt de bus, je l'aperçois, recroquevillée sur l'un des deux sièges en matière plastique de l'abri.

J'ai le cerveau en ébullition : « Dois-je m'approcher d'elle ou l'ignorer ? » J'hésite. Après tout, cette femme, je ne la connais pas et si j'en crois les propos tenus par Marc au cours de leur discussion, mieux vaut peut-être ne pas s'y frotter. Est-ce mon problème finalement si elle a envie de poireauter quatre heures à attendre le prochain car ?

Je m'arrête cependant et lui demande comment elle se sent.

« Mais comment veux-tu que je me sente après avoir été jetée comme une merde par cette bande de loufs, me répond-elle. À l'agonie, mec, prête à crever. J'ai un étau qui m'enserre la tête et je voudrais que celle-ci explose une bonne fois pour toutes. Bye, bye la Pauline, bon débarras. Mais vous n'en avez rien à cirer. Tout le monde se contrefout de Pauline. Pauline, la dégénérée. Pauline, la parricide. »

Elle éclate en sanglots.

Je sais alors que je vais au-devant de fameuses emmerdes mais je n'ai jamais pu résister aux larmes, de plus si elles émanent d'une femme pour laquelle je ressens une forte attirance. Et je dois bien l'avouer, Pauline, au premier regard, elle m'a plu. Je lui propose donc de venir se reposer un peu chez moi.

Elle semble hésiter, lève les yeux, soutient mon regard quelques secondes pour y débusquer mes intentions, s'apaise et me demande : « Au fait, comment tu t'appelles ? »

À peine sur le seuil de la maison, Minouche et Papou viennent à sa rencontre et, tout en ronronnant, se lovent à tour de rôle entre ses jambes, comme si elle faisait partie des meubles, comme s'ils la connaissaient depuis toujours.

Nullement surprise, elle s'abaisse et commence à les caresser, à leur parler comme si elle rentrait à la maison, comme si ces chats étaient les siens. Elle me subjugue !

Je pose son sac de toile par terre, je m'approche et, envoûté, je l'enlace.

Elle me regarde, entoure ses bras autour de mon cou, approche ses lèvres des miennes et m'embrasse avec fougue. Un éclair me transperce.

Tout va alors très vite : je réponds à son baiser, lui palpe les seins, lui remonte sa jupe et lui caresse les fesses.

Elle m'arrache la chemise, me griffe le dos et me déboutonne la braguette.

Nous nous écroulons à même le sol et, sans plus de préliminaires, je pénètre son sexe déjà humide. Elle m'attire au plus profond d'elle, me prie de venir, gémit de plaisir, jouit.

Je réponds à ses appels, vais et viens en elle et… explose.

Nous restons enfermés le reste de l'après-midi et toute la nuit suivante. Nous buvons, mangeons, discutons et… recommençons.

Notre appétit est insatiable. Nos deux corps ont tant de privations, tant de frustrations à éliminer en quelques heures.

Au petit matin, épuisés mais les sens enfin apaisés, nous nous endormons.

Une petite langue râpeuse qui me lèche la face me réveille vers midi.

Retour dans la réalité du quotidien : les chats ont faim. Je me lève doucement.

Elle se réveille peu après, s'étire, me sourit, éprouve le besoin de se rendre aux toilettes et, curieuse, découvre une à une toutes les pièces de la maison. Elle revient ensuite près de moi, s'affale, encore nue, dans le sofa près de Minouche occupée de se lécher consciencieusement et me lance, d'une voix encore mal éveillée :

« T'as pas la télé ? »

Il y a six semaines aujourd'hui qu'elle a emménagé ici. Au début, nos étreintes passionnées se sont multipliées. Pour suivre le rythme infernal qu'elle nous imposait, il me fallut même avaler, de temps à autre, en cachette, une petite pilule bleue, ce remède sexuel miraculeux pour les hommes qui, comme moi, ont atteint un certain âge.

Nous sommes restés longtemps enfermés, reclus. Je sortais simplement pour remplir le frigo. Souhaitant ne rencontrer personne, elle préférait m'attendre à la maison.

Un soir, je lui ai amené la télé. Elle m'a sauté au cou et m'a embrassé. Nous avons fêté longuement l'achat sous les couvertures.

Maintenant, elle rêve d'un PC.

Lors de mes rares sorties dans le village, tous m'évitaient soigneusement. Je les emmerdais. On s'aimait.

Puis, ce matin, à la boulangerie, j'ai croisé Marc.

— Bonjour, Serge, m'a-t-il dit, comment vas-tu ?

Agréablement surpris par le ton jovial avec lequel il m'avait abordé, je lui ai répondu sans méfiance que ça allait bien, très bien même, que je remerciais chaque jour le ciel d'avoir rencontré Pauline, qu'elle et moi envisagions déjà réellement d'officialiser notre union par un pacs, que nous pensions avoir mérité tous les deux, après nos diverses galères, ce cadeau de la vie ; qu'il était temps d'en profiter pleinement avant que l'horloge du temps ne me rattrape ; que j'en étais fou…

Interloqué, il a tardé à me répondre. Puis, d'un ton hésitant, il m'a lancé :

— Elle t'en a parlé quand même ?

Je lui ai répondu que le passé n'avait pas d'importance, que non, elle n'avait pas encore souhaité s'exprimer, que de toute manière la conversation au bar ne m'avait pas échappé, que je savais qu'elle avait malheureusement buté ses parents mais que les circonstances importaient peu, que chacun dans la vie a droit à une seconde chance.

Il m'a brusquement interrompu :

— Mais Serge, ce n'est pas douze ans de taule qu'elle aurait dû faire, Pauline, c'est trente ans d'internement.

Il a levé les yeux, a soutenu mon regard et m'a balancé :

— Et les gosses, tu les oublies ?

Ébranlé, je rentre à la maison.

Papou sur les genoux, Pauline est installée devant la télé occupée de suivre un jeu dans lequel deux équipes de deux candidats doivent tenter de découvrir des mots et tirer ensuite des boules chiffrées d'un tambour.

Passablement énervé par la conversation tenue avec Marc, j'ai du mal à me contenir. Je dépose d'abord le pain et les provisions dans la cuisine et viens ensuite me placer face à elle.

— Faut qu'on parle, lui dis-je.

— Bouge, je ne vois plus rien, répond-elle.

Son ton m'insupporte. Je me retourne, éteins cette foutue boîte à images et lui fais face à nouveau.

— Rallume ça de suite connard de mes deux ou je t'écrase, me lance-t-elle.

— Comme t'as écrasé tes parents et tes sœurs, peut-être, lui dis-je.

Son regard s'assombrit. Je sens une violence sourde l'habiter.

Et soudain, avant que j'aie pu bouger le petit doigt, elle brise la nuque du pauvre Papou en lui tournant la tête brusquement d'un demi-tour.

Je suis littéralement tétanisé par la vision d'horreur que j'ai devant les yeux. Minouche, qui a assisté à la scène du fauteuil d'en face, bondit et se réfugie en miaulant sous l'armoire.

La bouche contractée par un rictus hideux, Pauline se lève alors et, bien qu'à deux mètres tout au plus de moi, elle envoie de toutes ses forces le cadavre du pauvre Papou dans ma direction. Je prends la dépouille en pleine figure et m'écroule sous le choc.

Tout en poussant alors un hurlement démoniaque sorti du fond de ses entrailles, Pauline se jette sur moi et me saisit à la gorge. D'une pression forte des deux pouces, elle appuie sur ma glotte et tente de m'étrangler.

Je la savais agile mais je ne l'imaginais pas dotée d'une telle force. Je résiste tant bien que mal, tente de repousser ses mains, commence à suffoquer, pense devoir abdiquer lorsque, dans un ultime effort, je réussis à saisir de la main droite un verre sur la table basse du salon. Alors, sans hésiter, la vision dantesque de Papou le cou tordu dans les pensées, je me mets à frapper, à frapper fort, à frapper encore...

À sa mort, Pauline avait 32 ans.
Violée par son père dès la plus tendre enfance sous l'œil compatissant de sa mère, elle n'avait pas supporté à l'âge de dix-huit ans que ses deux petites sœurs jumelles puissent subir à leur tour durant des années un calvaire identique au sien et, munie du fusil de chasse de son bourreau, elle avait exécuté froidement, un à un, tous les membres de sa famille après les avoir drogués. Condamnée à vingt ans de réclusion, elle avait été libérée après douze années d'emprisonnement.

J'ai revendu la maison à bon prix et suis retourné m'installer à Hénin-Beaumont. Je n'ai pas acheté les journaux qui se sont délectés de cette histoire morbide. Je ne sais pas si on en a parlé dans le journal de Télématin.

La curieuse amie de maman.

J'étais tranquillement occupé à jouer au poker avec des potes sur internet lorsqu'on a sonné. Il n'y a pas de doute, à certains moments, il serait préférable d'être sourd.

J'étais, en effet, sur le point d'empocher un joli magot et vlan, le coup de sonnette. C'est fou comme un geste anodin — poser un doigt sur un bouton et appuyer — peut vous pourrir le quotidien.

Maugréant, j'ai lâché la partie un instant, je me suis levé à contrecœur et je me suis dirigé vers le vestibule. Très irrité, j'ai saisi fermement la poignée de la porte d'entrée et j'ai ouvert celle-ci d'un geste brusque.

À peine avais-je levé les yeux vers l'importun que ma mauvaise humeur se dissipa !

Je me retrouvais pétrifié, béat d'admiration devant une superbe créature, une femme de rêve qui, en me voyant, me lança tout de suite, d'une voix franche, au fort accent slave :

— Bonjour, tu dois être Gregory ?

Et qui, sans me laisser le temps de réagir, ajouta un vague sourire au coin des lèvres :

— Moi, c'est Radoslava. J'ai trente-deux ans, je suis originaire d'un petit village près de Sofia et je suis arrivée en Belgique avec mon mari Hristo la semaine dernière. On vient d'emménager dans l'appartement juste à côté de chez toi. Je viens me présenter car j'ai rencontré ta maman dans le hall hier et elle m'a demandé de passer un de ces quatre.

Obnubilé par le physique de mon interlocutrice, je dus fournir un effort considérable pour réussir à saisir le sens des paroles que je venais d'entendre.

Et tandis que je la contemplais béatement, idées saugrenues et réflexions déconcertantes s'entrechoquaient à grande vitesse dans ma tête :

« Sofia, Sofia ! Ouille, c'est papa qui va être content, ai-je d'abord pensé. Après les Polacks au premier étage le mois passé, des Bulgares maintenant. Ne manquait plus que ça ! C'est sûr, le vieux va encore nous parler de déménager et nous ressortir son sempiternel refrain sur les méfaits de l'Europe et de l'ouverture des frontières aux étrangers... »

Puis, quand je me rendis compte que cette beauté sulfureuse m'avait appelé par mon prénom, l'exaspération m'a gagné :

« Bordel, merci maman, me suis-je dit, révolté. Décidément, on ne te changera jamais : il suffit qu'un quidam t'aborde pour un motif quelconque en rue, pour que tu lui racontes ta vie et toute l'histoire de notre famille par la même occasion. Mais quelle jacasse tu peux être, maman ! Je parierais bien dix euros que la jolie Bulgare sait déjà que je suis né avant terme et qu'une méchante coqueluche a failli m'emporter à six semaines ! »

« Pff ! quelle façon brutale de m'aborder, ai-je songé aussi. J'ai trente-deux ans... Paf ! droit au but. Ah ! je connais peu de nanas qui entameraient la conversation avec un jeune mec de mon genre — beau garçon, attirant, bien de sa personne — d'une manière aussi directe. »

Bref, le cerveau en ébullition, je la fixai bêtement durant un long moment.

Alors, ma petite caboche se remit enfin à fonctionner un tant soit peu normalement et je me rendis compte qu'elle m'observait bizarrement.

« Oh ! mais réveille-toi, Greg, me suis-je dit, elle doit commencer à trouver le temps long Rado... quelque chose. T'es occupé de la mater depuis au moins deux minutes et pas un son n'est encore sorti de ta bouche. »

Faut dire qu'elle m'épatait. Quelle pépée. Jamais, même dans mes rêves érotiques les plus tordus, je n'avais rencontré pareille femelle.

« Allez, Greg, vite ! sors-lui quelque chose, n'importe quoi avant qu'elle te prenne pour un débile profond », ai-je pensé, le cœur battant, avant de me lancer :

— Euh ! ... Bonjour. Welcome. Euh ! ... Bienvenue en Belgique. Maman et papa sont sortis. Euh ! ... Je leur dirai que vous êtes passée. Euh ! ... Moi j'ai dix-sept ans et demi. Dix-huit dans trois mois.

Oh, quelle honte ! Connard ! Je suis le roi des connards. Crénom, je suis mal barré pour l'impressionner, la déesse. Je dois être rouge comme une pivoine, en plus. Et pourquoi n'ai-je pas ajouté que je suis toujours puceau par la même occasion ?

Mais la meuf, putain ! Incroyable ! Le sosie d'Heidi Klum. Ouah ! Avec une voisine top-modèle, sûr que les copains vont faire la queue pour venir passer la nuit ici maintenant.

Tout en continuant à me scruter avec un air indéfinissable, elle m'a répondu avec son délicieux accent slave :

— Je t'ai dérangé ? Tu étais couché ? Tu n'es pas malade quand même ? Et tu ne dois pas aller à l'école, aujourd'hui ?

Et merde ! Déjà midi et je suis toujours en pyjama. Et quelle tête je dois avoir en plus, je ne me suis même pas peigné ce matin. Ah, ordinateur, quand tu nous tiens ! Mais qui va aller imaginer pouvoir accueillir chez lui une telle princesse ? On n'est pas dans un conte de fées, ici.

— Euh ! ... Non, non. Tout est nickel. J'allais prendre mon bain et il n'y a pas cours ici le samedi.

— Tiens, tiens. Et tu es en quelle classe, Gregory ?

Stop ! Je n'aime pas du tout la tournure que prend notre conversation. Ensuite, elle passera aux résultats, à ce que je souhaiterais faire plus tard, à... que sais-je encore !
Moi, pour l'instant, tout ce que je voudrais faire, c'est... lui titiller le bout des seins.

— Je repasse le bac en fin d'année mais, bon, c'est pas le plus important.

— Ah bon, tu crois cela. Enfin, peu importe. Bien, je te laisse. Je repasserai quand ta maman sera présente. Et n'oublie surtout pas quand tu seras dans le bain de bien te laver le derrière des oreilles. Salut mon petit Gregory. À une prochaine fois.

— Euh ! Salut Rado... vlachacha.

Et là, elle s'en retourne vers son appartement d'une démarche chaloupée qui me laisse tout le temps d'entrevoir sous son jean moulant un cul bondissant apte à damner le prêtre le plus rigoriste au monde.

Merde, j'ai honte : j'ai été nul, nul et plus que nul. Pire qu'à l'oral de philo où j'avais ramassé un deux.
Reste plus qu'au petit Gregory à aller prendre sa douche et à ne pas oublier de se laver le derrière des oreilles.
Mais pourquoi elle m'a sorti ça, la Slave ? Ah ! elle m'a bien entubé, la gonzesse. Et en même temps, elle m'a scié. Oh ! oui, elle m'a vraiment médusé la nouvelle voisine. Et maintenant, je ris béatement, je ferme les yeux, je pense à elle et je... Oh ! mince, je bande !

**

Le dimanche suivant, invités par maman, Radoslava et Hristo sont venus prendre l'apéro chez nous et, finalement, cela s'est plutôt bien passé entre Hristo et papa. Faut dire que le Bulgare, il est quand même attaché à l'ambassade. Et ambassade, tout de suite, aux yeux du père, cela en jette. On n'est pas dans le quart-monde, là ! On rehausse le niveau des débats.

Maman fut surprise de me voir rester assis calmement dans le sofa pendant les deux heures qu'ils restèrent chez nous.
« Mon fils unique deviendrait-il subitement civilisé » lança-t-elle bassement au cours de la conversation. Ah ! si mes yeux avaient été dotés d'un rayon laser foudroyant, sûr

qu'elle se serait désintégrée instantanément, la mauvaise langue !

Une question me turlupine quand même : comment Radoslava a-t-elle pu s'enquiquiner d'un mec aussi banal que Hristo ? Il a huit ans de plus qu'elle, est presque chauve, est bedonnant et elle le dépasse d'une bonne tête, son nabot. Pour moi, à côté de cela, le mystère de la Sainte Trinité, ce n'est que du pipeau.

Moi, Radoslava, je la verrais plutôt avec un jeune gars grand, élancé, plein de fougue, plutôt beau mec. Un apollon toujours prêt à la combler et à la satisfaire au moindre claquement de doigts.

Ah ! Rada, voilà six jours que je t'ai vue pour la première fois et voilà six jours que tu me hantes. Je rêve de toi toutes les nuits. Tu sais, comme dans ce vieux tube du groupe « Il était une fois », des années soixante-dix, que maman adore... Si fort que les draps s'en souviennent !

**

Comme maman et Radoslava sont vite devenues inséparables, j'ai eu très souvent l'occasion depuis trois mois de rencontrer ma dulcinée.

Un soir, alors que Hristo était retenu à l'ambassade, elle a même dormi chez nous dans la chambre d'amis car, oui, la pauvre ne supporte pas de rester seule chez elle la nuit tombée. La soirée fut mémorable. Imaginez-vous, nous étions tous en pyjama et avons regardé Patrick Sébastien à la télé tout en nous bourrant de chips et de coca.

Je m'étais imaginé un stratagème de sa part pour réussir à nous isoler mais, au final, je fus cruellement déçu. Avant qu'elle aille se coucher, j'eus simplement droit à un bisou sur la joue et, de son pouce, à l'imposition d'une petite croix sur mon front.

Le gros problème dans notre histoire d'amour, c'est que Radoslava ne me perçoit à l'heure actuelle que dans le rôle du fils de son amie et pas encore dans celui de l'amant insatiable auquel je suis pourtant destiné !

Bon, dans trois jours, j'ai dix-huit ans et je n'ai toujours pas baisé. C'est sûr que si, par timidité, elle s'obstine à ne pas me déclarer sa flamme, je vais devoir passer à l'action.

***

Bingo ! La chance est de mon côté. Je vais connaître un annif d'enfer !

Épisode un : l'air désolé, papa et maman m'ont annoncé qu'ils ne pourraient pas être à la maison samedi soir pour fêter mon anniversaire. Papy et mamy — les vieux de maman — les ont invités dans un restaurant chic à l'occasion de la mise à la retraite de grand-père. Je pouvais les accompagner mais comme ils connaissent mon aversion pour les repas qui s'éternisent, ils ont gentiment repoussé l'offre à ma place. Chic de leur part.

Épisode deux : Hristo part pour le week-end à Sofia sans sa jolie dame. Et oui, le travail passe avant tout à l'ambassade. Mais ne t'inquiète pas, Hristo, je vais m'en occuper, moi, de ta petite femme qui ne supporte pas de rester seule la nuit à la maison.

Car oui, épisode trois : maman a, elle-même, proposé à Radoslava que je dorme chez elle samedi soir. Dans le canapé du salon, bien sûr ! Et en tout bien, tout honneur, cela va sans dire. Ah ! ma mère est géniale, y'a pas à dire. Mais ne croyez pas que c'est pour son amie qu'elle a imaginé cette solution. Non, tout ce qu'elle veut, c'est éviter que je puisse inviter des potes à la maison pendant son absence. Ah ! c'est trop bon. Ma mère qui pousse son chérubin dans les bras de la voisine pour la nuit. Mais quelle soirée d'enfer on va connaître tous les deux ! Mais je vais la faire grimper aux rideaux, ma maîtresse.

Dieu existe, je vous le dis.

***

Voilà, aussi tendu qu'un coureur du Tour de France avant le départ d'un contre-la-montre décisif, j'attends mon heure.
Je suis prêt.
J'ai pris ma douche, je me suis savonné méticuleusement toutes les parties du corps et aspergé d'un nuage d'eau de toilette dont les femmes, comme le prétend la pub, sont folles.
Pour me vêtir, j'ai suivi les conseils d'un copain du bahut, dragueur invétéré : j'ai enfilé un jean pas trop serrant, endossé une chemisette noire et chaussé des mocassins. Et surtout, comme il l'avait bien précisé, je ne porte pas de slip. Le déshabillage express est un must pour la baise, nous a-t-il répété plusieurs fois en petit comité. C'est un spécialiste : il doit avoir raison. Mais quand même, cela me fait tout drôle du côté de la zigounette. Ouais, on peut carrément dire que ça voyage dans tous les sens et que ça gratte bigrement !

Vingt heures trente, l'heure H !

Je quitte l'appartement, ferme soigneusement la porte derrière moi, traverse le palier et me retrouve devant l'antre de ma dulcinée.

Mon cœur bat la chamade, je frôle l'évanouissement.

J'inspire profondément, me sens comme une loque, et alors que je songe à rebrousser chemin, la porte s'ouvre laissant apparaître dans l'entrebâillement une Radoslava sublime comme jamais.

— Bonsoir, mon petit Gregory, me dit-elle.

Je suis pétrifié, incapable de remuer le petit doigt.

— Mais comme tu es beau ce soir, on dirait le Prince charmant, enchaîne-t-elle d'un air moqueur.

Je rougis bêtement et avant que je puisse lui bredouiller une quelconque ânerie, elle continue :

— Eh bien, entrez Gregory. Et ne rougissez pas jeune homme, je ne vais pas vous manger, vous savez.

Non, elle ne va quand même pas recommencer à se foutre de ma gueule, ma bien-aimée. Pas ce soir. Pas alors que nous allons passer des moments délicieux ensemble.

Elle doit avoir remarqué ma mine déconfite car elle reprend :

— Mais ne fais pas cette tête, Greg — tu permets que je t'appelle Greg ? — je plaisante. J'aime rire, tu sais. La vie est trop triste sans le rire.

Ouais ! bon, passons. Je la désire trop, ce n'est pas le moment de bouder. Inutile de jouer le jeune homme mortifié par les paroles blessantes de sa belle.

Je m'encourage : « Vas-y, fonce, lance-toi mon vieux. »

Et là, en grand timide complexé qui, soudain, se lâche, je lui balance d'un jet, mais sans oser toutefois la regarder :

— Mais j'adorerais que tu me manges Rados — car je peux t'appeler Rados, n'est-ce pas ? — J'adorerais aussi que tu me caresses, me sentes, me lèches, me... tout ce que tu voudras, en fait.

Effaré par mes propres paroles, j'hésite un instant à continuer mais je poursuis car il m'est impossible de reculer maintenant :

— Je t'aime, Rados. Je t'ai aimée dès notre premier contact. Je voudrais être à toi. Ce soir ! Je suis prêt à tout pour satisfaire tes moindres désirs. Je t'aime, je te désire. Encore, et encore.

J'arrête net et ose enfin lever les yeux vers elle.

À son air navré, je me demande s'il n'aurait pas été préférable que je la ferme.

Zut ! elle ne semble guère enthousiasmée par mes propositions. Je cours au désastre. Elle va se fâcher, me gifler, tout cafter à ma mère...

Je suis foutu.

Et puis, subitement, sans que je m'y attende vraiment, Radoslava s'approche et, d'un geste brusque, me saisit l'arrière de cou de la main droite. Tout en m'attirant vers elle,

elle me fait pénétrer de force dans son appartement et en referme la porte d'un solide coup de pied. Elle approche ensuite son visage du mien, m'observe au plus près un instant et enfonce soudain sa langue profondément dans ma bouche. Tout en la remuant suavement, elle pose alors sa main libre sur l'arrière de mes fesses et me serre au plus près.

Pris de court, j'en oublie de respirer par le nez et commence tout doucement à étouffer. Je sens l'excitation monter en moi et tente tant bien que mal de participer quelque peu aux attouchements en lui saisissant ses fesses rebondies que je commence à triturer.

Et alors que nous sommes soudés l'un à l'autre, elle me pousse violemment vers l'arrière jusqu'à ce que je perde l'équilibre et nous nous écrasons sur la moquette.

Bien qu'au bord de l'asphyxie, j'exulte.

Puis, le postérieur appuyé sur le haut de mes cuisses, elle se redresse — j'en profite pour reprendre mon souffle — et s'arrache véritablement robe, soutien et culotte.

La voilà donc qui se retrouve nue. Nue, à califourchon sur moi !

J'essaie de saisir les deux tétons qui s'agitent délicieusement au-dessus de moi mais elle ne m'en laisse pas l'opportunité car, tout en grognant, elle m'attrape les mains, me les plaque contre le sol à hauteur des épaules et se laisse retomber de tout son poids sur moi.

Un éclair de lucidité me traverse l'esprit et je comprends : cette femme est une furie et elle va me violer. Je vais perdre ma virginité, violé par une furie slave !

Mon excitation est à son comble. À cet instant, la rencontre rapide de nos sexes me semble la seule chose encore réellement importante dans ce foutu monde.

Tout en continuant à se trémousser les fesses, Rados doit penser comme moi car la voilà qui pose la main sur mon jean à hauteur de mon sexe au bord de l'explosion. D'une main experte, elle m'ouvre le seul bouton du pantalon et saisit ensuite la tirette de la fermeture Éclair de ma braguette. D'un coup sec, elle tire celle-ci vers le bas.

Je hurle !
Une douleur atroce m'a saisi le bas du corps.
Sans transition, comme un ange déchu, je passe des délices du paradis éternel aux affres de l'enfer.
Je débande à la vitesse de l'éclair — sûr que si le record du monde de la spécialité existait, je viendrais de le battre aisément — et couine tel un cochon que l'on mène à l'abattoir.

Interloquée, encore toute excitée, ma belle tente de comprendre. Elle se laisse glisser sur le côté et observe mon bas-ventre.

Complètement assommée, elle constate les dégâts et me lance d'une voix affolée :

— Aïe, aïe, aïe ! mon pauvre chéri.

Ah ! oui, là, tu l'as dit : « aïe, aïe, aïe ! mon pauvre chéri. »

Grimaçant, je jette un œil vers mon bas-ventre et à la vue de la peau de mon sexe coincée dans la fermeture Éclair de ma braguette, je suis pris d'un haut-le-cœur.

Pour sa part, devant les chairs à vif, Radoslava a retrouvé toute sa lucidité et elle tente, par une délicate opération réalisée à mains nues, de me libérer de mes tourments.

La douleur devient insupportable : je m'évanouis.

Lorsque je reprends mes esprits, je suis nu sur le lit, le sexe enveloppé d'un énorme bandage. Rhabillée, Radoslava est assise à mes côtés. Elle me sourit.

— Eh bien, mon pauvre petit chéri, me dit-elle, tu as la peau du zizi complètement labourée, tu sais.

Je grimace.
Devant ma mimique de martyr, elle me lance alors en pouffant :

— Quelle idée aussi de ne pas porter de sous-vêtements.

Et tout aussi vite, avant d'éclater d'un rire franc laissant apparaître une denture éclatante, elle enchaîne :

— Hum, Il faudrait peut-être désinfecter avec de l'alcool !

***

J'ai repris le poker sur internet avec les potes et je n'ai plus jamais tenté de me retrouver seul, en tête à tête, avec Radoslava.
Pour moi, dès ce jour, elle est simplement redevenue l'amie de ma mère.

Une petite cicatrice sur le sexe me rappelle à jamais cette soirée mémorable au cours de laquelle j'ai failli perdre... ma virginité.

La lettre égarée.

Aussitôt rentré, je m'étais fait couler un bain, déshabillé en hâte, laissé glisser dans l'eau presque bouillante et, immobile, les yeux clos et les écouteurs sur les oreilles, je me laissais à présent emporter par la voix sensuelle d'Axelle Red.

Apaisé, je parvenais enfin à me débarrasser des relents d'une journée stressante bien qu'insignifiante et vide de sens.

La sonnerie stridente du téléphone m'arracha soudainement à ma douce quiétude.

Sapristi ! quel énergumène pouvait-il bien tenter de me contacter à près de vingt heures trente ? Persuadé qu'il s'agissait une nouvelle fois d'un de ces appels commerciaux dont nous sommes tous assaillis à longueur d'années et certain que l'appelant se résignerait bien vite à raccrocher et tenterait de refiler sa marchandise auprès d'un autre gogo, je décidai tout d'abord de ne pas y prêter attention mais, après plus de trois minutes de vacarme ininterrompu, je dus me résigner, exaspéré, à sortir du bain et à me diriger, tout dégoulinant, prêt à avaler mon futur correspondant, vers le combiné diabolique.

— Allô ?
— Oui, bonjour. Je suis bien chez Gobert ?
— Ouais.
— Bonjour Monsieur Gobert, je me présente : Sophie Demaison. Monsieur Gobert, veuillez excuser mon appel tardif mais je viens de rentrer du travail et je n'ai pu vous contacter plus tôt.
— Ouais, ouais. Bon, que me voulez-vous ?

— Voilà, Monsieur Gobert, je suis en fait locataire de votre ancienne demeure et j'ai reçu hier matin au courrier une lettre qui vous est destinée. Comme votre nom ne me disait rien, je me suis permis de contacter le propriétaire actuel de la maison et celui-ci, à l'énoncé de votre nom, m'a gentiment communiqué vos coordonnées afin que je puisse vous joindre.

— Mais qu'êtes-vous occupée de me raconter, là ? J'ai vendu cette bicoque depuis une éternité.

— Justement, Monsieur Gobert. C'est ce qui m'a incité à entamer des recherches. Vous conviendrez avec moi qu'une lettre postée à Étretat le huit avril 2004 et qui arrive à destination à Tourcoing, à peine plus de trois cents kilomètres plus loin, près de dix ans plus tard, ne peut décemment aboutir à la poubelle. Elle doit être remise à son destinataire. Et, en l'occurrence, le destinataire, c'est vous Monsieur Gobert. Trois cents kilomètres, dix ans ; inouï, non ?

— ...

— Allô ! Vous êtes toujours à l'appareil Monsieur Gobert ?

— Ouais, ouais.

— Écoutez Monsieur Gobert, je passe dans votre quartier après-demain, samedi, dans l'après-midi et, si vous le permettez, je me permettrai donc de déposer cette lettre dans votre boîte.

— Euh ! oui, merci. Mais cela doit être sans réelle importance. Une carte postale d'une vague connaissance probablement. À ce propos madame, les coordonnées de l'expéditeur figurent-elles au dos de l'enveloppe ?

— Rien qu'un prénom Monsieur Gobert, ce qui explique d'ailleurs certainement pourquoi ce pli n'a pu être retourné.

Il s'agit d'une certaine Sabine... avec, ma foi, une belle calligraphie. Cela vous dit quelque chose, Monsieur Gobert ?

Sabine ! À l'écoute de ce prénom, je crus défaillir et il me fallut puiser tout au fond de mon être la force de répondre quelques paroles insignifiantes à ma correspondante :

— Euh... Non. Absolument rien. Merci pour votre sollicitude, madame.
— Je vous en prie, Monsieur Gobert. Toute cette histoire me semble tellement singulière.

Et elle raccrocha !
Un froid intense m'envahit alors et, le combiné encore à la main, mon corps entier, nu et humide, fut subitement pris d'un tremblement irrépressible.

***

J'allais fêter mes trente ans lorsque j'ai rencontré Sabine.
Je sortais d'une aventure compliquée de sept ans avec une femme hystérique qui, après quelques mois de lune de miel, s'était vite révélée une véritable furie. Elle avait réussi à me pourrir la vie au point de me dégoûter à tout jamais — croyais-je à l'époque — de la gent féminine. À vrai dire, je perçus son internement en hôpital psychiatrique comme un soulagement profond et, malgré le recul, je ne comprends toujours pas la raison pour laquelle je suis resté si longtemps avec cette épave. Pourquoi ai-je accepté sans réagir, sans protester, ses lubies, ses délires, sa folie ? Ne pouvais-je, malgré ses menaces de suicide, lui dire tout simplement « STOP » ?

Oserais-je avouer que l'annonce de sa mort me rendit prodigieusement heureux. Mon ciel s'était enfin éclairci ! Quelques pilules avaient suffi pour que tous mes problèmes, insolubles à mes yeux jusque-là, s'évaporent. J'étais redevenu un homme entièrement libre.

Ma médiocrité d'hier me hante encore aujourd'hui, mais ne devons-nous pas tous apprendre à vivre avec nos faiblesses, apprendre à nous accepter tels que nous sommes et pas tels que nous souhaiterions être ?

Six mois après sa mort, à force de me sentir minable et pitoyable, j'acceptai, sur les conseils de mon médecin, de partir en cure dans une station de Charente-Maritime spécialisée dans les traitements des troubles psychologiques.
Et là, au cours de mon premier soin, une assistante dont le regard m'envoûta tout de suite, me prit en charge. Elle était vêtue d'un tablier blanc sur lequel un badge était accroché à hauteur du sein droit. Sur ce badge, une seule inscription — un prénom — en lettres capitales : « SABINE ».
Elle m'emmena vers une pièce isolée sans fenêtres, sorte d'immense salle de bains au carrelage en mosaïque, et me demanda simplement d'enlever mon peignoir et de me placer près du mur du fond. Je m'exécutai et me retrouvai nu, à quelques mètres d'elle. À l'observer, je commençai, gêné, à sentir l'excitation gonfler mon sexe lorsqu'elle se saisit d'une espèce d'énorme tuyau d'arrosage et commença à asperger d'un jet puissant toutes les parcelles de mon anatomie.
Autant dire que mes effets furent immédiatement coupés.

Avant la fin de ma cure, victimes réciproques d'un coup de foudre aussi subit que violent, nous étions devenus amants inséparables.

Quelques semaines plus tard, sur mon insistance, elle quitta son boulot, son studio de Saujon et emménagea chez moi à Tourcoing.

Après un septennat d'enfer avec Céline, six mois de pénitence seul face à mes remords, j'entrais — sans le savoir encore — pour un nouveau terme de sept ans — au paradis avec Sabine.

Nous avions le même âge, les mêmes envies, les mêmes désirs.

Pas réellement belle mais dotée d'un charme indéfinissable, elle était toujours d'humeur joyeuse et, malgré une vision lucide de ce monde désespérant dans lequel nous évoluons, elle possédait cette capacité rare de réussir à saisir au passage les moments fastes qui parsèment la vie quotidienne, à les transformer en instants de bonheur et à me les faire partager.

Sept ans de félicité !
Et puis, un dimanche matin, alors que nous déjeunions :
— Laurent, mon amour, m'aimes-tu ?
J'en restai bouche bée. Pour la première fois, Sabine me posa ce genre de questions qu'adressent habituellement mille fois par jour à leur mec pour se rassurer toutes les femmes du monde qui vivent en couple.
— Bien sûr, ma chérie. Quelle question !
— Si tu m'aimes, tu me fais confiance ?
— Mais où vas-tu là, Sabine ? Arrête, tu me fais peur.

— Réponds-moi. Tu me fais confiance ?
— Oui. Bien sûr.
Et, elle, me fixant d'un regard d'acier :
— Laurent, pourquoi n'avons-nous pas d'enfants ?

Et vlan ! J'encaissai l'uppercut. Le seul sujet sur lequel nous nous étions heurtés ces derniers mois revenait en vitrine.

— Chérie, mais qu'est-ce qui se passe ? Souviens-toi de la première condition que tu as posée avant d'accepter de venir habiter ici : « Ne me parle jamais d'enfants, Laurent, je n'en veux pas. Je ne veux pas mettre au monde des innocents qui risquent de finir en chair à canon, dans l'explosion d'une tour quelconque ou encore sous les balles d'un terroriste ».
— ...
— Souviens-toi, Sabine, je t'en supplie. Et n'ai-je pas acquiescé, n'ai-je pas ajouté ne pas non plus vouloir être père de futurs zombies, d'êtres condamnés aux radiations, aux particules fines, à la pollution infinie ? N'étions-nous pas d'accord sur ce point, Sabine ? N'avions-nous pas conclu que mettre au monde aujourd'hui est assimilable à un acte criminel ?

L'espace d'un instant, je crus la sentir vaciller mais la partie n'était pas pour autant gagnée, car elle se ressaisit :
— Putain, Laurent, on a trente-sept ans. Trente-sept ans, tu te rends compte ? Appelle cela comme tu veux : une lubie, une idiotie, un crime, si t'en as envie, mais moi, là, dans mon ventre, je sens l'appel de la nature. Je sens qu'il est temps Laurent ! Pour moi, c'est maintenant ou jamais. Et merde, si on n'a pas été capable de le sauver ce foutu monde, laisse-moi

croire que nos gosses y parviendront et qu'ils seront heureux d'y vivre.

Les larmes aux yeux, elle ne me laissa pas le loisir de lui répondre car elle s'éclipsa précipitamment dans la chambre.
Lorsqu'elle réapparut un peu plus tard dans la cuisine, elle se réinstalla à la table à mes côtés, termina son pain au chocolat, se servit une tasse de thé et me proposa d'un air malicieux une partie de jambes à l'air pour nous détendre.
Trop heureux de la tournure des événements, je lui souris béatement et acceptai avec empressement sa demande.

***

Près de trois mois plus tard, alors que nous dégustions une délicieuse bière trappiste de l'abbaye de Westvleteren, Sabine me fit part de son désir de rejoindre pour quelques jours sa sœur à La Bresse. J'en avalai de travers et faillis en renverser la moitié de mon précieux nectar sur mon pantalon. Je lui répondis :
— Ta sœur ! Mais elle est encore en vie, celle-là ? Mais dis-moi, si mes souvenirs sont exacts, et je crois qu'ils le sont, tu avais pourtant juré de ne jamais la revoir. Elle t'avait quand même fameusement roulé dans la farine question héritage à la mort de tes parents, non ? Et son fainéant de mari, ses deux mioches obèses, tu veux les revoir aussi ? Il y a prescription peut-être ?
— Elle m'a appelée, elle est très mal. En fait, elle va mourir Laurent.
— Oh ! merde.
— Ma sœur qui va mourir me réclame à son chevet, Laurent. Je peux bien lui offrir ça, non ?

Interdit, j'en restai bouche bée et ne pus que lui répondre :
— Ouais, bien sûr. Pardon, mon amour.

***

J'ai conduit Sabine à la gare de Lille Flandres le vendredi suivant, soit le cinq avril 2004. Comme deux jeunes amoureux, nous nous sommes embrassés tendrement sur le quai. Pour la première fois depuis plus de sept ans, nous n'allions pas passer la nuit ensemble. J'en étais littéralement malade mais elle avait obstinément refusé que je l'accompagne sous prétexte que jamais je ne supporterais plus d'une heure son crétin de beau-frère — ce en quoi elle avait parfaitement raison d'ailleurs —. Avant que la porte du wagon ne se referme, elle m'envoya d'un souffle au creux de la main un baiser volant que je fis mine de recevoir en plein cœur.
Elle souriait ; je souriais.
Je ne l'ai jamais revue.

***

Pendant plus d'un an, j'ai remué ciel et terre pour tenter de la retrouver… Sans résultat. Disparue, évaporée.
La police n'a guère coopéré car aux yeux de la loi tout adulte a le droit de s'éclipser. Sa sœur, pas au courant de sa visite prochaine, fut surprise d'apprendre qu'elle était censée être condamnée à brève échéance. Le détective privé, engagé par mes soins, ne réussit, pour sa part, qu'à me délester de quelques milliers d'euros.

Les jours, les semaines, les mois ont passé. Rien. Je sombrai dans une profonde dépression et ne supportant plus de vivre dans cette maison chargée de nos souvenirs, j'emménageai dans un appartement à l'opposé de la ville.

***

Près de dix années ont passé. Chaque jour, chaque nuit surtout, j'ai pensé à Sabine. Y a-t-il plus horrible, plus angoissant, plus destructeur que de ne pas connaître le sort de l'absent, du seul être au monde que vous chérissez, de la seule personne à laquelle vous tenez ?

Il m'a fallu cependant apprendre à continuer à vivre, à accepter. Sabine, mon amour, qu'es-tu devenue ? Dans quel traquenard es-tu tombée ? J'aurais tant voulu être à tes côtés pour te protéger.

Et puis, il y eut cet appel téléphonique.

***

Quarante-huit heures d'attente, une éternité. Mais putain, pourquoi ne lui ai-je pas proposé d'aller la chercher immédiatement chez elle cette foutue lettre ?

Samedi, enfin.
Dix-sept heures trente et toujours rien.
En deux heures, je dois déjà être descendu plus d'une dizaine de fois pour aller ouvrir ma boîte aux lettres. Si l'un des cohabitants de l'immeuble s'est aperçu de mon manège,

il va, c'est sûr, me prendre pour un dingue. Tout le monde sait quand même ici que le facteur ne passe pas le samedi.

Dix-huit heures, je ne tiens plus en place, j'y retourne.

Et merde ! À peine ai-je franchi le seuil que je me retrouve face à face avec ma vieille voisine de palier. Va encore falloir lui parler de la pluie et du beau temps.

— Bonjour, Madame Zoé, belle journée, non ?

— Ah ! Monsieur Laurent, quelle bonne surprise.

« Mon Dieu, Zoé, si vous saviez comme vous m'ennuyez ! »

Enfin ! Je tiens l'enveloppe en main.

Vite ! Tel un malfaiteur en cavale, je plonge dans l'ascenseur et appuie précipitamment sur le bouton du cinquième. J'ai beaucoup de mal à respirer. La montée n'en finit pas. Je prie tous les saints pour ne plus rencontrer qui que ce soit. Je veux être seul comme je l'ai toujours été depuis sa disparition. Une angoisse profonde m'envahit. J'entre dans l'appartement, referme machinalement à double tour la porte derrière moi. Je tremble, j'ai envie de pleurer. Ne pas craquer. Dix années de silence sans le moindre indice, sans la moindre trace et maintenant cette lettre postée par Sabine trois jours seulement après son départ et qui, telle une bouteille jetée à la mer, m'arrive après une éternité. J'ai peur. Peur d'apprendre des choses que je ne souhaite pas apprendre. Peur que le scénario que je m'étais imaginé, que je m'étais construit dans la tête tout au long de ces années pour pouvoir survivre, m'éclate à la figure. Peur de la vérité, peur du chaos.

***

Laurent, mon amour,

Avant toute chose, pardonne-moi de t'avoir menti mais il fallait que je puisse quitter la maison sans que tu tentes de me retenir. Il fallait que je puisse partir dans le calme et la sérénité. Sans cris, sans éclats. Je t'aime trop pour lutter, je t'aime trop pour t'affronter. Sans mensonge, je n'aurais pu me libérer.

Ma sœur va bien, enfin je suppose, et je ne suis pas à son chevet. Je t'écris face à l'océan, assise à la terrasse de la chambre que nous avons l'habitude de réserver chaque année pour quelques jours lorsque l'envie de décompresser nous prend. Je suis à Étretat et la vue des flots, tout en m'apaisant, m'insuffle l'énergie nouvelle qui me permettra de mener à bien ma mission de future mère.

Car oui, Laurent, j'attends un enfant. Te souviens-tu de notre dernière discussion sur ce sujet sensible il y a trois mois ? Je venais d'apprendre la « bonne » nouvelle mais ne savais trop comment te l'annoncer et, vu ta réaction lorsque je t'ai demandé la raison pour laquelle nous n'avions pas de petits, j'ai préféré à ce moment éviter l'affrontement et attendre le moment propice pour te l'annoncer.

Tu sais, Laurent, l'amour profond que j'éprouve envers toi. J'ai vécu en ta compagnie les plus belles années de ma vie. Je ne peux imaginer te perdre et, pourtant, je suis prête à m'y résoudre car cet enfant qui habite mon ventre, est devenu essentiel à mes yeux et rien, ni personne au monde ne pourrait m'y faire renoncer. De là, aussi, ma fuite pour éviter d'entendre sortir de ta bouche aimée des propositions blessantes auxquelles je n'aurais, de toute manière, pas adhéré.

Laurent, je ne veux surtout pas que par gentillesse, par compassion ou par amour pour moi, tu acceptes de devenir père. Je ne veux pas d'un « sacrifice » qui, tôt ou tard, briserait notre couple, nuirait à l'enfant. Je veux que tu prennes le temps de réfléchir sagement, sérieusement, que tu t'introspectes afin de voir si, malgré la « merditude » de l'univers comme tu aimes qualifier notre monde, le rôle de père peut, malgré tout, te convenir.

Laurent, te sens-tu capable d'élever et d'aimer un enfant ?

Laurent, il faut que tu saches que je respecterai ta décision, quelle qu'elle soit, et qu'elle n'entamera nullement les sentiments que j'éprouve pour toi.

Laurent, mon amour, j'ai réservé cette chambre, notre chambre d'amour, jusqu'à dimanche. Si tu nous y rejoins, nous continuerons à trois notre chemin, mais si tu souhaites prendre un autre trajet, choisir une autre direction, sois sans crainte, je respecterai ta décision et te laisserai vivre ta vie.

Je t'embrasse.

Ta Sabine.

***

Abasourdi, je replie la lettre et la replace machinalement dans l'enveloppe. Comment ai-je pu être aussi con ? Jamais, je n'avais imaginé que Sabine puisse avoir arrêté de prendre la pilule. Jamais, ancré dans mes certitudes machistes, je n'avais pensé qu'elle puisse passer de la parole aux actes, que son désir de femme puisse surpasser son plaisir d'amante.

Je suis père !

Comment aurais-je réagi si j'avais reçu cette lettre en temps et en heure ? Aurais-je filé à Étretat ou serais-je resté cloué sur place ?

Je suis père d'un enfant de près dix ans que je ne connais pas, qui ne me connaît pas.

Je la croyais morte et elle vit.
Je la croyais morte et elle est mère.
Je la croyais morte et je suis père.

Où est-elle ? Où sont-ils ?

On ne meurt pas le premier jour de l'été.

— Tu vas mourir demain. Mais qu'est-ce que tu me racontes, Vincent ? On ne meurt pas le premier jour de l'été.

— Écoute, ce n'est pas un bobard Cédric, qu'on le veuille ou non, je vais mourir demain. On n'échappe pas à son destin, tu sais. Tout cela est incroyable, inimaginable mais vrai, mon pote. Et crois-moi, je n'ai nullement l'intention de me suicider. La vie n'est pas toujours drôle mais putain, on s'habitue à ce foutu monde. Oh ! merde, ce n'est pas vrai, déjà la fin.

— Arrête, t'es dingue ou quoi ? Explique-toi mon vieux. Et si c'est une blague, elle n'est pas marrante du tout. Tu me fais flipper, connard.

Mais c'est vrai qu'il a l'air de trembler le zozo.
Putain, pourquoi suis-je allé me confier bêtement à lui ? Je vais tout devoir lui expliquer maintenant. Il n'a pourtant aucune raison d'avoir la pétoche puisque c'est moi qui vais clamser. À choisir, je préférerais d'ailleurs que ce soit lui plutôt que moi qui doive partir. Quarante-quatre ans. Zut ! Bien trop tôt.

— Ouais, ben écoute. Pour fêter le réveillon de l'an 2000, on était partis, Luce et moi, en Tunisie, à Port-El-Kantaoui plus précisément. Un voyage en amoureux, tu vois. Huit jours de décompression loin des tracas quotidiens. Il ne faisait pas spécialement chaud à cette époque de l'année mais le dépaysement et le ciel lumineux suffisaient à nous requinquer. On était heureux. C'était le cinq janvier — tu parles si je m'en souviens —, on devait reprendre l'avion le lendemain dans la matinée et on était allés se balader une dernière fois dans la ville de Sousse. Seulement, cet après-midi-là, va-t'en savoir pourquoi, plutôt que d'entrer dans le centre de la médina, comme on avait l'habitude de le faire, et d'aller y siroter calmement un thé à la menthe, on s'est engagés dans les ruelles avoisinantes désertées par les touristes.

— Vous étiez fous ou quoi ? Carine et moi, il ne nous viendrait jamais à l'idée de pénétrer seuls dans une médina. Alors, dans un tel coupe-gorge… Inimaginable !

Mais il est con ce type. C'est mon pote, mais il est con. À sa décharge, faut dire qu'il n'a jamais beaucoup quitté son quartier. Et comme on le répète sans cesse — et il n'y a pas à revenir là-dessus —, les voyages forment la jeunesse.

— Oh ! arrête Cédric. On n'était pas dans la jungle, hein. Et puis, tu sais, il est moins dangereux de se promener à Sousse que dans n'importe quel quartier de Bruxelles ou de Paris. Bref, je reprends, après quelques minutes, on croise un type d'une cinquantaine d'années aux cheveux gris mal peignés et au regard vitreux. Et alors qu'on arrive à sa hauteur, il nous murmure à voix basse : « Pas par là, pas par là ». Nous, on n'y prête même pas attention, on s'imagine qu'il est pété et on continue notre chemin. Et là mec, après une centaine de mètres, alors que la ruelle tourne brusquement à droite, on se retrouve soudain tous les deux dans un passage un peu plus large bourré d'hommes tous plus fous les uns que les autres. Surpris, on a du mal à comprendre ce que foutent là tous ces types qui crient et s'excitent devant chaque façade ! Mais lorsque nous osons enfin jeter un coup d'œil à l'intérieur de l'une de ces bicoques et que nous apercevons dans le couloir une femme en bikini occupée de se trémousser, nous saisissons : nous sommes dans le quartier des bouis-bouis.

Purée, jamais nous n'aurions pu imaginer que cela puisse exister en Tunisie.

— Oh ! c'est trop bon. Ah ! je vois votre tête d'ici.

— Ouais, d'autant plus que je me rends compte à cet instant que Luce est la seule femme, et européenne de surcroît, à traînailler ici. Et comme, en plus, elle porte un tee-shirt blanc moulant et une jupe en jean qui laisse apparaître une bonne partie de ses cuisses, tu imagines la frousse qui nous envahit. Donc là, on se regarde et on commence à flipper terrible. On accélère le pas pour sortir de ce bourbier au plus vite avant de se faire remarquer mais manque de chance, arrivés au bout de la rue on s'aperçoit que nous sommes dans une impasse. Ne nous reste qu'à faire demi-tour !

— Et ben, mon couillon ! Mais faut dire que vous l'aviez bien cherché.

— Ferme-la, Cédric, laisse-moi continuer.

À ce moment-là, la porte de la dernière cahute s'ouvre et apparaît sur le seuil une dame âgée au visage buriné ravagé par les rides. Elle nous observe longuement, sans un mot. Puis, elle semble deviner la situation embarrassante dans laquelle nous nous sommes fourrés et, devant notre air effaré, éclate soudain d'un rire bruyant laissant apparaître une bouche édentée.

Stupéfaits, on est figés sur place, on ne sait que faire mais après avoir retrouvé tout son sérieux, la vieille nous propose d'entrer chez elle. Elle nous fera sortir, nous dit-elle, par la cour arrière de la maison qui donne dans une ruelle adjacente.

Trop heureux de l'aubaine, nous nous engouffrons dans son habitation sans réfléchir un seul instant aux risques potentiels que nous encourons et nous nous retrouvons, une fois la porte refermée, dans une petite pièce rectangulaire au sol de terre battue. On n'y voit pas grand-chose car la pénombre nous empêche de distinguer parfaitement les contours, mais l'endroit est sinistre et je peux te l'assurer : à cet instant, on n'est guère fringants.

La mine réjouie, notre hôtesse providentielle, tout en préparant d'office un thé à la menthe, nous confie alors en français, mais avec un fort accent méditerranéen, s'appeler Djamila, être originaire de Tozeur, être veuve depuis trente ans, et n'avoir malheureusement jamais pu avoir d'enfants. Elle ajoute qu'elle vit d'expédients et qu'elle réussit à nouer les deux bouts grâce aux dons de voyance qu'Allah a bien voulu lui octroyer. Et, de fil en aiguille, elle propose à Luce, avant que nous ne la quittions, une consultation pour quelques dizaines de dinars.

— Boum ! l'arnaque. Bien joué, la grand-mère.

— Pas du tout, mec. En fait, elle a réussi à nous rassurer. Mais comme Luce ne déborde pas d'enthousiasme à l'idée de confier sa main à la vieille dame, elle propose à celle-ci de s'occuper plutôt de mon cas. Ainsi, lui dit-elle en souriant, saura-t-elle au moins si notre avenir se conjugue au pluriel.

Pour ma part, bien que n'ayant jamais cru à la voyance, je suis intrigué par les révélations que cette inconnue pourrait me faire et, désireux de la remercier à peu de frais de nous avoir sortis du guêpier dans lequel nous nous étions fourrés, j'accepte sa proposition.

Je le regrette toujours !

— Merde, je comprends. Non, ce n'est pas vrai. Ne me dis pas qu'elle t'a prédit ta mort. Ah ! non, tu te fous de moi. Ouais, j'avoue que tu m'as bien eu, mec. J'ai vraiment failli marcher.

— ...

— Et Vincent, tu ne vas pas quand même pas me dire que tu crois à ces sornettes. Pas toi, vieux. Laisse donc ces bêtises aux nanas.

— Écoute.

Elle a commencé par me caresser la paume de la main avec l'index pendant plusieurs minutes tout en fermant les yeux et en récitant je ne sais quoi en arabe. Puis, soudainement, elle s'est arrêtée et m'a sucé longuement le pouce. Surréaliste ! tu peux me croire. À ce moment-là, j'ai évité de dévisager Luce, certain que j'étais que nous éclaterions de rire si nos regards devaient se croiser. Ensuite, alors que je me demandais si ce petit jeu allait encore durer longtemps, les yeux mi-clos, comme en transe, elle s'est mise à parler d'une voix soudain beaucoup plus grave et d'un ton monocorde et tu me croiras ou non vieux mais elle m'a énoncé ce jour-là tous les événements marquants qui sont survenus dans ma vie depuis lors !

Ses prédictions, tantôt sibyllines, tantôt d'une précision diabolique, sont restées gravées à jamais dans ma mémoire. Je peux te répéter presque mot à mot l'entièreté de sa tartine, Cédric.

« Mon ami, elle a commencé, Allah a voulu que toute vie soit parsemée d'épreuves et la vôtre n'y échappera pas. Mais Allah a souhaité aussi que des oasis de plénitude parsèment le parcours de chacun. »

Elle m'a regardé, s'est arrêtée quelques instants le temps de reprendre son souffle et a poursuivi : « Réjouissez-vous car si votre chemin s'annonce rocailleux, il n'en sera pas pour autant dénué de richesse. La force de vie vous unissant est considérable et vous permettra de surmonter ensemble bien des embûches tout en profitant d'un bonheur terrestre conséquent. »

À cet instant, j'ai senti le regard insistant de Luce posé sur moi. Je me suis tourné vers elle et je lui ai souri, sceptique, puisque, il faut l'avouer, si les prévisions de la vieille bique pouvaient impressionner, elles n'étaient tout de même guère originales.

Comme si elle avait perçu mes doutes, Djamila reprit aussitôt d'une voix contrariée :

« Allah est grand, mon ami et il vous aime. Approchez-vous de lui lorsque le chagrin, par trois fois, inondera votre cœur. Car il est vrai que pour celui qui croit, le départ n'est rien, rien d'autre qu'un au revoir. Soyez fort et croyez en Allah le premier de l'an neuf du calendrier grégorien, jour où la peine vous submergera, où le glaive vous transpercera. »

Puis, après avoir levé les yeux au ciel, elle ajouta, plus sereine :

« Car il est tout aussi vrai que par la grâce d'Allah, votre amie échappera au funeste destin, que vous consoliderez vos liens et que deux étoiles illumineront votre ciel. »

— Mais qu'est-ce qu'elle t'a sorti là, la Tunisienne ? Elle a tenté de vous convertir ou quoi ?

— Peu importe, Cédric, mais tu conviendras que ses prévisions concordent avec la suite : la mort dans mes bras du père de Luce, la naissance d'Adeline, celle plus inattendue de Louis, l'accident de Luce et son long séjour à l'hôpital, notre mariage dans l'intimité, le décès accidentel de Pierre, mon meilleur ami, et celui de mon père, le premier de l'an, à l'âge de quatre-vingt-trois ans.

— Merde, c'est vrai que c'est troublant et pas banal mais c'est le principe de la voyance : on te balance des trucs pas très précis et, par après, tu effectues le rapprochement avec ce qui se passe dans ta vie. Qu'est-ce qu'elle t'a encore annoncé la Tunisienne ?

— Soudain, tout en écarquillant les yeux, elle m'a sorti : « Profitez, profitez, profitez encore et toujours car il est vrai que toute vie doit s'achever un jour et que pour vous, le jour de rendez-vous a été fixé à la nuit de l'équinoxe du quatorzième printemps du nouveau siècle grégorien ».
Abasourdi, j'ai voulu l'interroger pour en savoir un peu plus sur ce qu'elle venait de me prédire mais elle a brusquement baissé la tête et s'est assoupie.
Et lorsqu'elle a refait surface quelques instants plus tard, elle nous a intimé de la laisser pour qu'elle puisse se reposer et nous a accompagnés précipitamment dans la cour.

Nous n'avons pas osé insister.

Je lui ai laissé quelques billets et, sonnés par la séance à laquelle nous venions de participer, nous sommes rentrés directement à l'hôtel.

Jamais, au grand jamais, Luce et moi n'avons reparlé de cette rencontre étrange ni des prédictions de cette Djamila.

Mais je n'ai pas oublié, Cédric, et, chaque fois que l'une de ses prophéties s'est réalisée, le souvenir de sa dernière prédiction m'a hanté.

Et maintenant, mon heure est venue.

— Barricade-toi chez toi pendant vingt-quatre heures.
— Et je mourrai dans l'incendie de ma maison. Non, Cédric, on ne peut changer le cours des choses.
— Et Luce, qu'en pense-t-elle ?
— Tu crois bien que je ne lui ai pas rappelé. Elle est à la côte belge pour une semaine avec les gosses et je dois normalement les y rejoindre pour le week-end. Mais le week-end, c'est dans trois jours, et dans trois jours, je serai mort.
— Tu divagues, vieux. Je n'y crois pas une seconde. Mais zut ! je suis en retard. Carine va encore faire la gueule. Allez, je te laisse. Faut que j'y aille. À plus, Vincent. On en rigolera ensemble lundi prochain.
— Ouais, salut mon pote.

Pff ! il aurait pu me proposer de rester avec moi, le couillon. Je n'ai pas spécialement envie de claquer seul, moi.

Allons bon, à quoi servent les amis s'ils disparaissent lorsque l'on a besoin d'eux ? C'est fou comme les gens ont tendance à se défiler devant les emmerdes des autres. Comme si c'était contagieux.

***

Après cette conversation, je suis allé déguster une pizza quatre saisons — ma préférée —, au resto de mon copain Tonino. La pizzeria était pleine. Il y avait de l'ambiance. Les gens étaient heureux de vivre, ou du moins, avaient l'air heureux de vivre, car qui sait vraiment ce qui se passe dans la tête des gens ?

J'en ai profité pour descendre une bouteille de chianti.

Pendant deux heures, j'ai réussi à oublier.

Et puis, j'ai bien dû me résoudre à rentrer. J'ai demandé l'addition. J'ai payé. J'ai laissé un fameux pourboire à la serveuse et j'en ai profité pour l'embrasser sur la joue.

À la maison, j'ai pris un bain et je me suis couché. Je n'ai pas réussi à m'endormir.

À minuit quinze, le téléphone a sonné. J'ai décroché.

C'était toi.

Toi non plus, tu n'avais pas oublié.

Tes paroles rassurantes m'ont réconforté. Tes mots d'amour m'ont bouleversé.

Je t'ai dit : « J'arrive ».

Tu m'as répondu : « Surtout pas, bouge pas de là ».

Je t'ai dit : « Tu as peut-être raison. »

J'ai raccroché et je me suis rhabillé.

J'ai quitté la maison, je suis entré dans le garage.

La bagnole était là, rutilante, à m'attendre.

J'ai embarqué, destination « Le Zoute ». Deux cents kilomètres, ce n'est pas le bout du monde !

Malgré l'heure tardive, les rues de la ville étaient encore animées. 21 juin, fête de la Musique oblige, les gens dansaient, s'embrassaient. C'était beau, c'était gai.

Puis j'ai foncé, impatient de te retrouver.

Après une petite demi-heure de conduite, bercé dans l'habitacle par la voix envoûtante d'Axelle Red, je suis arrivé sur cette route bordée de platanes que nous avons empruntée tant de fois ensemble.

À la sortie d'un virage, les phares d'une voiture arrivant en sens inverse m'ont ébloui.

J'ai perdu ma trajectoire. J'ai dérapé dans les gravillons.

Je me suis vu partir dans une gigantesque embardée mais, finalement, j'ai pu redresser le véhicule et continuer ma route.

J'ai éclaté de rire.

Et si elle s'était trompée ?

À deux heures trente, je suis enfin arrivé. Voir la mer m'a réconforté.

J'ai ouvert la porte du hall. J'ai appelé l'ascenseur et je suis monté au cinquième.

Sur le palier, je n'ai pas allumé. Je suis entré silencieusement dans l'appartement.

J'ai pénétré dans la chambre. T'apercevoir dans la pénombre, lascive sur le lit, m'a réconforté. Le souffle régulier de ta respiration m'a apaisé. En t'observant, je me suis alors déshabillé et je me suis couché à tes côtés.

J'ai attendu, heureux. J'ai simplement profité de ta présence à mes côtés.

Puis, tu t'es réveillée.

Surprise, tu m'as regardé l'air émerveillé.

Tu t'es approchée et tu m'as embrassé langoureusement.

J'ai répondu longuement à ton baiser.

Et là, on s'est aimés comme on ne s'était jamais aimés auparavant, comme si on s'était rendu compte soudain à quel point notre amour est fort et puissant.

Nous avons joui comme des dingues.

Nous avons connu des moments uniques.

Plus qu'une union, une véritable fusion.

Et alors que toujours pas repus, nous repartions à l'assaut ; alors que, pour la troisième fois de la nuit, je te pénétrais... mon cœur a lâché !

Mon amour, si tu savais comme je t'ai aimée.

Un charmant petit village.

— Tu comprends Fred, j'en ai marre, je vais me tirer. Ce mec, il me pompe l'air. Il n'y a jamais rien de bon avec lui. Il aurait pu prendre ma défense, non ? Ce n'est pas un homme. D'ailleurs, à mon avis, il ne peut être sorti que de l'arrière-train d'une truie.

— Arrête Céline, c'est ton père quand même.

— Mon père ? Impossible. Ce type n'a pas de couilles. Et comment aurait-il pu sans roubignoles engrosser ma vieille ? Je dois être la fille cachée d'un prêtre ou, qui sait, d'un roi volage. J'en ai marre de ce bordel de merde. Mais heureusement, toi t'es là, hein ? Tu vas aller les trouver et me sortir de ce pétrin d'enfer, j'en suis sûre. Hein, mon biquet d'amour ?

Et merde ! Dans la vie, il y a des moments où l'on voudrait être ailleurs. Je me vois bien sur la plage de Copacabana entouré de quelques créatures d'enfer toutes occupées à se dandiner le pétard en admirant mon corps d'athlète. Ah ! je les imagine, ces chattes, crevant d'envie de voir l'élastique de mon slip de bain céder sous la pression de la massue le renfermant. Elle ne pourrait pas être belle la vie ?

Mais non, je suis là, déjà bedonnant à seulement vingt-cinq ans, à force d'enfiler les bières. Les cheveux en bataille, le regard perdu, vêtu d'un jean à trois sous et d'un polo crasseux, je suis occupé à écouter bêtement déconner celle que j'ai eu le malheur d'embrasser, il y a six semaines, au bal du village. Pour mon malheur, elle me considère maintenant comme son prince. Faut dire que je suis le premier à avoir réussi à la dérider dans ma bagnole quelques heures après l'avoir rencontrée. Purée !

Enfin, tout cela ne serait pas encore trop grave si elle était à mon goût mais, même pas : elle est grosse, elle pue, elle bourgeonne toujours malgré ses dix-neuf ans, pèse douze kilos de plus que moi et me dépasse d'une bonne tête.

Et pour couronner le tout, elle est particulièrement crade et attire les emmerdes comme la bouse attire les mouches.

— Céline, tu sais que je déteste que tu m'appelles biquet. Je ne suis plus un gosse, ma belle chatte. Bon, et pour ton problème, hum, je vais voir ce que je peux faire. Mais, aussi, tu devais bien te douter qu'elle te reconnaîtrait ronron. Et ton père, que pouvait-il dire aux flics ? Il n'allait pas les chasser avec des pierres, quand même.

— Moi, j'adore quand tu m'appelles belle chatte. Cela me calme et m'excite à la fois, si tu vois ce que je veux dire biquet. Je suis soudain beaucoup moins énervée mais beaucoup plus… chaude.

Mais elle ne va pas recommencer. Mais elle va m'user la donzelle. J'ai déjà donné deux fois aujourd'hui et il n'est pas encore quinze heures. Trop, c'est trop !

Quoique : cette bouche, cette langue, ces miches, cette chatte…

— Chez toi ou chez moi ?

***

— Je t'en prie Pierre. Au nom de notre longue amitié. Tu me dois bien cela, après tout.

— Mais Fred, que veux-tu que j'y fasse si ta tarée de nana a tenté de braquer la boulangerie affublée d'un masque de Dumbo. Franchement, qui dans le village ne l'aurait pas reconnue la grosse Céline ? Mais qu'est-ce qu'elle cherchait, bon Dieu, à part des ennuis ?

Ah ! j'aurais quand même voulu voir sa tête lorsque Francine lui a envoyé un rouleau à pâtisserie dans la tronche ou, je ferais mieux de dire, dans la trompe. Oh ! merde, c'est trop bon. Mais, à la réflexion, trop facile comme enquête. Enfin, les conneries de ta grosse nous auront quand même permis de nous divertir un peu. Et dans ce bled pourri, la distraction, cela n'a pas de prix !

— Arrête Pierrot, ce n'est pas marrant. Allez, ce n'est quand même pas grave. Céline voulait juste un peu de thune pour m'offrir un superbe cadeau d'anniversaire — un iPod de rêve — et comme son père ne veut rien lui refiler vu qu'elle n'a pas de boulot, elle a choisi de s'adresser à sa mère. Normal, elle est pleine aux as !

— Ben oui, et voilà le problème, sa mère a déposé plainte en bonne et due forme pour tentative de vol à main armée. N'oublie pas, Fred, que Céline vit avec son père depuis plus de trois ans et que, depuis lors, elle n'a plus aucun contact avec sa mère. « Grosse pute », elle la surnomme même partout.

Alors, tu comprends, la grosse pute, elle ne va pas se gêner pour tenter d'envoyer sa progéniture pour quelques mois au violon.

Qu'on le veuille ou non, c'est un braquage, Fred. Un braquage de famille, peut-être, mais un braquage quand même.

— Allez, faut pas déconner, c'était un pistolet à eau. Et puis, c'est vrai que le père de Céline a porté les cornes des années durant. Ah ! ces nanas de boulanger, faut décidément les surveiller. De plus, ne me dis pas que tu n'y es pas passé aussi, toi le bel agent, dans sa marmite. Ah ! elle savait les vendre ses miches, hein Pierrot ? Ah ! c'était la belle époque parce que le nouveau pétrisseur qu'elle a dégoté depuis n'est pas du genre à se les laisser pousser sans réagir, lui... les cornes. Enfin, le principal pour les habitants du village est de pouvoir se procurer du pain frais chaque matin.
— Ouais, sauf Céline et son père qui bouffent des biscottes à longueur d'années.
— Là, tu deviens grossier, Pierrot. C'est vraiment indigne d'un représentant des forces de l'ordre.
— Allez Fred, assez perdu de temps, dégage, j'ai du boulot, moi !
Mais il se prend pour qui le gros connard ?
Eh mon « Columbo », je m'en vais te rappeler quelques détails croustillants de notre « encore » toute fraîche adolescence, moi. Tu feras peut-être un peu moins le fanfaron après.

— Dites-moi, Monsieur le flic, vous souvenez-vous du jour où vous m'attendiez à la sortie du bahut et comment vous aviez insisté pour m'emmener chez vous pour me montrer votre collection de papillons exotiques ? Quel âge pouvais-je avoir ? Douze ans... treize à tout casser. Et vous ? Six de plus, non ? Je me rappelle que vous m'aviez quand même

fameusement surpris avec le clou de votre collection. Comment l'appeliez-vous encore ? Le Belzébuth cracheur, non ? Mais, promis, motus et bouche cousue, bien sûr ! Au nom de notre longue, très longue amitié.
— Salopard, t'es qu'un enfoiré !

***

Pff ! cette vie n'est faite que de contrariétés. Une petite remise en forme au Club Med me ferait décidément beaucoup de bien.

***

— Tu vois, petite chatte, la situation n'est jamais aussi désespérée que l'on se l'imagine. L'inspecteur Pierre n'est pas un mauvais mec, après tout. Il a compris le problème et, pour la réputation et la quiétude de notre charmant petit village, il a réussi à convaincre ta mère de retirer sa plainte.
Ah ! quel as, cet inspecteur ! Je me demande vraiment comment il a pu s'y prendre ? Une convocation au poste et quelques heures de discussion en tête à tête auront suffi !
Chapeau bas Monsieur le flic, et de toute manière cette fois-ci, comme la cellule du poste est capitonnée et insonorisée, nous ne risquons pas de perdre notre brave boulanger.

— ...

— Mais qu'est-ce que tu fais ronron ? Non, pas ici, voyons. Ronron !

— Oh ! Mais qui va tremper son petit biscuit dans le croupion de Madame Dumbo ? C'est mon beau Freddo !

Ma femme est un tyran.

— Tu as vu le prix des moules sur la carte, Lambert ? Elles sont inabordables.

Et hop ! Pas de moules pour bibi, ce soir. À peine sommes-nous installés, elle recommence son petit manège. Quarante ans que cela dure. Y'a pas à revenir là-dessus : ma femme est un tyran.

Bon, examinons ce menu. Zut ! je n'y vois que dalle sans mes lunettes. Où les ai-je fourrées ? Ah ! ici, dans ma poche intérieure.

Voyons, voyons. Oui, tout cela m'a l'air pas mal du tout. Tiens, je me prendrais bien un petit menu à 35 €, moi : soupe de poisson en entrée, côte à l'os maison pour suivre et mousse au chocolat en dessert.

Ouais, pas mal du tout. Allez, c'est décidé, je choisis ça. Avec une bouteille de vin du patron, ce sera parfait.

— Tu as déjà choisi Lambert ? Si j'étais à ta place, je prendrais le menu à 18 € avec salade printanière et poisson du jour. A la côte, il doit être frais, non ? Moi, je compte prendre la même chose mais avec potage cerfeuil au lieu de la salade. Tu ne digères pas le cerfeuil, n'est-ce pas ? Et comme boisson, une bière 25 cl pour moi. Et pour toi, Lambert ? Allez, laisse-toi aller. On est en week-end, après tout. Prends donc une carafe d'un demi-litre de rouge. Et si tu en as trop, je la terminerai bien avec toi lorsque j'aurai bu ma bière. Qu'est-ce que tu en penses, Lambert ?

Mais pourquoi ai-je pris la peine de chausser mes lunettes ? L'air marin, sans doute. L'espace d'un instant, j'avais oublié que mon épouse règne en maître dans notre couple. Depuis des lustres, elle dirige tout, en toutes circonstances. Oh ! bien sûr, elle me demande parfois mon avis, mais pour la forme. Et surtout pas pour les choses essentielles, en tout cas. Surtout pas !

Au début, j'ai bien essayé de lui exposer mon point de vue, de lui faire comprendre que dans un couple on n'a pas besoin nécessairement d'un chef, mais j'ai vite renoncé. Ma femme s'emporte si facilement. Et comme, pour ma part, je déteste les conflits...

En fait, si je souhaite la paix, il me suffit de la regarder blablater à longueur de journée et d'acquiescer à bon escient d'un hochement de tête — pas toujours facile d'ailleurs — de temps à autre.

Ah ! je me sens épuisé. Elle me fatigue depuis tellement d'années.

— Vous avez choisi, madame ?

Pas un regard du serveur dans ma direction. Comme toujours. Comme partout depuis la nuit des temps.

En sa présence, je suis invisible. « Madame » attire l'attention. Le vieux mec à l'air résigné et absent qui l'accompagne n'existe pas.

Lorsque nous étions jeunes, j'imaginais que ma femme séduisait grâce à sa beauté et je me contentais béatement du rôle de chevalier servant. Mais à présent, alors qu'elle a plus de soixante ans et a vieilli tout autant que moi, son aura est bizarrement restée intacte. Mon insignifiance aussi, d'ailleurs.

Sophie, si tu savais comme tu m'exaspères.

— Oui. Alors, mon mari prendra le menu à 17 € avec...

Et bla-bla-bla, et bla-bla-bla...
Eh bien, voyez-vous, serveur, comme sa présence ne semble pas indispensable, le mari de la charmante dame va s'installer en pilote automatique et couper le son.

Ah ! encore heureux que nous sommes en terrasse et que je peux apercevoir la mer. C'est fou comme cela peut m'apaiser, me ressourcer, la mer. Si j'étais seul, après le repas, j'irais me balader deux bonnes heures les pieds nus dans le sable au bord de l'eau. Je m'emplirais les poumons d'effluves marins à en frôler l'extase.

Mais faut pas rêver ! Madame va vouloir rentrer illico à l'hôtel, et pas pour la bagatelle, hélas ! Non, pour rien au monde, elle ne raterait son « Ruquier » du samedi soir.

Je la déteste.

— N'est-ce pas Lambert ?

Merde, j'ai raté un épisode là.

— Euh, oui.

Ouf ! elle n'a pas l'air de se cabrer. Je suis dans le bon. J'avais une chance sur deux et c'est gagné. Bingo !
Quitte ou double, monsieur ?
Double, je me rendors.

Et maintenant elle va entamer l'épisode « pauvre maman », suivi par celui consacré aux « chers enfants » et terminer en apothéose avec celui des « voisins ou des amis » qui auront fait ci ou qui auront fait ça mais qui auraient dû faire ci ou qui auraient dû faire cela.

« Mais bon Dieu Sophie, ne t'est-il pas possible de vivre sans juger ? Chacun n'est-il pas libre de vivre sa vie comme il l'entend ? Est-ce qu'ils nuisent, tes putains de voisins ? Est-ce qu'ils dérangent tes faux amis ? Non. Alors, fous-moi la paix avec tes avis personnels qui n'intéressent personne, et surtout pas moi. »

Quarante ans ; voilà quarante ans que je supporte ses jérémiades !

Elle m'exaspère.

Merde : le couple de la table d'à côté nous a repérés !

J'en suis sûr ! Le type s'est tout d'abord adressé à sa femme — épouse ou maîtresse ? — l'index légèrement pointé dans notre direction. Après quoi, elle s'est retournée discrètement et nous a regardés, l'air amusé.

Après, ils ont carrément ri.

Ah ! les salauds.

Mais je voudrais vous y voir, moi !

Allez, venez : prenez ma place ; on verra si l'envie de parler ne vous passera pas.

Et elle qui pendant ce temps ne se rend compte de rien et continue à m'assommer sur le même ton monocorde avec son caquetage.

Mais elle me fait carrément gerber ! J'en ai marre. Cette fois, c'en est trop !

— Tu sais, Lambert, nous devrions demander l'addition et aller prendre ensuite une petite verveine dans la chambre de l'hôtel. Nous y serons à l'aise. Qu'en penses-tu, amour ?

— …

— Lambert ? Eh bien, tu es subitement devenu sourd, mon ami ?

— Oh ! désolé, j'étais dans les nuages.

— Je t'aime, tu sais, Lambert.

— Ouais, moi aussi mon poussin.

— Garçon, l'addition s'il vous plaît.

Surtout ne rien oublier.

Ne rien oublier. Surtout ne rien oublier. En particulier aujourd'hui.

Je me suis réveillée d'humeur plutôt joyeuse ce matin. Faut dire que j'avais dormi comme un loir. Sans somnifère, s'il vous plaît. Et sans ronfleur à mes côtés, dois-je ajouter !

Ah ! Philippe, mon cher mari, je t'aime toujours comme au premier jour. En près de cinquante ans de vie commune, on n'a pas toujours rigolé tous les deux — la vie et ses tracas, quoi — mais malgré les tempêtes traversées, malgré les tourments endurés, malgré mon caractère pas facile — tu vois, j'en suis consciente —, tu as toujours été présent à mes côtés. Tu m'as accompagnée dans la vie avec beaucoup de rire, beaucoup de tendresse, de joie et de bonne humeur et surtout énormément de passion et d'amour. Tu fus mon phare dans la nuit, le roc indestructible sur lequel m'appuyer.
Reconnaissance éternelle assurée, mon amour.
Ce n'est pas difficile, avec toi, j'oublie tout : mes soixante-dix ans, mes rides, mon ventre rebondi, la peau de mes fesses qui s'affaisse. Et lorsque, aujourd'hui encore, tu me souris et me susurres à l'oreille que je suis belle, que tu m'aimes, que tu me désires... je fonds comme au premier soir :
« J'ai vingt ans, je suis aimée ; la vie — notre vie — s'annonce magnifique ! »
J'exagère peut-être, embellis sûrement, oublie aussi les quelques solides orages qui ont secoué notre esquif mais au fond qu'importe, puisque l'essentiel n'est-il pas ce sentiment positif que je retiens ? Cette sensation d'avoir traversé cette

foutue existence à tes côtés comme dans un merveilleux rêve éveillé.

Je me gâte ce matin pour ce petit déjeuner en solitaire : deux croissants, un jus d'orange, un énorme morceau de baguette avec une grosse couche de beurre, de la confiture aux fraises, un grand bol de café noir et deux sucres. Et oui, j'avoue, madame joue à la princesse et ne se refuse rien.
Si Philippe était là, il n'en croirait pas ses yeux... et me le reprocherait. Je l'entends d'ici me sortir pour la énième fois son sermon sur les dangers du cholestérol et d'un taux de sucre trop élevé.
Bien qu'il me sorte parfois que je suis exaspérante, je constate qu'il tient vraiment beaucoup à moi mon petit mari. D'ailleurs, malgré sa passion pour le ballon rond, il m'a vraiment fallu beaucoup insister pour qu'il accepte de me laisser seule à la maison ce week-end et qu'il parte à Londres avec Lucas — notre unique rejeton — pour assister au match de football qu'il rêvait de vivre en live depuis toujours : le choc Arsenal – Liverpool.

Pouah ! je déteste le foot. À vrai dire, je crois que Lucas ne l'aime pas non plus. Il est parti pour ne pas décevoir son père, c'est sûr.
Notre fils unique est un jeune Tanguy ténébreux de trente-deux ans. Il aime son petit cocon familial et nous ne lui avons jamais connu d'aventure sérieuse. Philippe regrette de ne pas voir son rejeton s'intéresser à la gent féminine. Pourtant, beau mec comme il est, de nombreuses femmes doivent déjà avoir rêvé, si pas de l'épouser, d'au moins partager un agréable moment avec lui. Tant pis — ou tant mieux —, je ne serai pas grand-mère.

En réalité, je crois que notre fils préfère les hommes. Je n'ai jamais osé lui en parler franchement mais une mère ressent ces choses-là. Les rares fois où j'ai tenté d'y faire allusion avec lui, je l'ai malheureusement senti se cabrer immédiatement et il a ensuite toujours botté en touche, esquivé.

Nous sommes pourtant très proches, lui et moi. Lucas devrait savoir qu'à mes yeux, l'essentiel est qu'il soit heureux. Qu'il aime un homme ou une femme, peu m'importe, pourvu qu'il soit heureux. Mais, après tout, c'est sa vie et j'imagine qu'un jour ou l'autre, il se décidera quand même à faire son coming out, comme on dit de nos jours.

J'aurais pourtant tant voulu régler ce non-dit, j'aurais tant voulu qu'il s'épanouisse devant nous.

Ne rien oublier. Surtout ne rien oublier.

Allons bon, déjà dix heures.

Vite, la petite vaisselle et un dernier petit coup de serpillière. Ce n'est pas que je sois maniaque mais j'aime que tout soit propre et bien rangé. Ma tâche terminée, une douce illusion de maîtriser les choses et d'avoir vaincu le chaos de l'existence s'empare de moi. Rien ne peut plus alors m'arriver : la route à suivre est droite, dégagée, impeccable, inoffensive.

Hier, j'ai passé toute l'après-midi à astiquer consciencieusement la maison. J'ai aussi terminé la lessive et veillé à ce que tous les vêtements soient placés soigneusement dans la garde-robe.

Tout me semble nickel à présent. Je suis sereine, apaisée.

Comme j'aime cette maison ; quarante-six ans que nous y habitons ! Elle a vieilli avec nous. Et si je l'aime, ce n'est pas pour ses murs, ses pièces ou les objets qui la garnissent. Non, je l'aime comme on aime une amie fidèle, témoin discret de toute une vie. Ah ! comme je souhaiterais qu'elle puisse parler et nous remémorer les moments forts, bons ou mauvais, joyeux ou douloureux, que nous y avons vécus tous les trois. Et je souris car j'entends d'ici mon Phil s'exclamer, son charmant sourire moqueur aux lèvres : « La radoteuse nostalgique est encore occupée ».

Ne rien oublier, surtout ne rien oublier avant de partir.

La lettre.
Où vais-je poser cette foutue lettre ?
Il n'est pas facile d'expliquer en quelques lignes à un mari, à un père, à un fils que l'on a décidé de partir, de les laisser, de les quitter à tout jamais. Accepteront-ils ma décision de les abandonner après toutes ces années ? Pourront-ils comprendre qu'ils ne sont nullement responsables de ce qui est arrivé et qu'ils doivent simplement continuer leur route sans moi, autrement. Interpréteront-ils correctement mes paroles ? En saisiront-ils le sens profond ? J'ai beaucoup hésité avant de prendre la plume : devais-je justifier ma fuite ou pas ? J'ai estimé qu'il le fallait car je ne veux pas que les deux seuls êtres au monde qui comptent réellement pour moi puissent nourrir un quelconque sentiment de culpabilité. Se doutaient-ils seulement de quelque chose ?

Ne rien oublier avant de partir.

Avant de quitter la maison, j'ai décidé de me maquiller un peu. Oh ! pas grand-chose : un léger fond de teint et le reste d'un discret rouge à lèvres qui m'attendaient depuis des lustres au fond de mon nécessaire de maquillage. Il est vrai que Phil, en amoureux de la nature et de la pureté, m'a toujours préférée au naturel. Mais comme je déteste le gaspillage…

Bien, comme toujours avant de sortir, un dernier coup d'œil dans le miroir qui m'a tant observée. Ouais, ce n'est pas gagné mais enfin, une septuagénaire ne peut tout de même plus être confondue en rue avec une minette.

Voilà, ma veste à présent car il fait frisquet dehors.

Bien refermer la porte donnant sur le jardin derrière moi. Adieu, doux logis.

Tiens, un léger tremblement me saisit au moment de franchir le seuil.

Bien, je crois n'avoir rien oublié.

***

Ensuite, tout est allé très vite.

J'ai d'abord soulevé le couvercle de la citerne machinalement ; j'ai ensuite contemplé quelques instants cette eau noire dans laquelle je pouvais apercevoir mon reflet ; puis, sans la moindre hésitation, j'ai sauté.

Je n'ai guère paniqué ; je ne me suis pas débattue.

Au froid glacial tout d'abord ressenti, a succédé rapidement une sensation de douce euphorie lorsque l'eau a envahi mes poumons.

Un sentiment de quiétude et de plénitude m'a submergée. Un univers infini s'est offert à moi.

Mon Dieu, mais qu'ai-je fait de cette lettre ?

Ma mémoire fout le camp, docteur, et cela, je ne peux le supporter.

Une lune de miel agitée.

Allongée langoureusement nue sur le lit, elle s'est soudain relevée et cogné violemment la tête deux fois de suite contre le mur en hurlant !

Assister à cette scène ahurissante m'a enfin ouvert les yeux. J'ai dès lors compris que j'avais commis une énorme bêtise en l'épousant dix jours plus tôt.

Une seule issue est encore envisageable à présent : il faut que cette furie disparaisse !

***

Elle a surgi un soir de juin dans mon existence paisible de jeune homme de bonne famille.

À vingt-cinq ans, j'avais un boulot bien payé pas trop contraignant, une bagnole rutilante et je logeais dans l'appartement luxueux que m'avaient offert mes chers parents pour mon vingtième anniversaire.

Y'a pire comme situation pour un jeune, j'en conviens, cependant la vie m'ennuyait profondément.

Je passais mes soirées dans les salles obscures à la recherche de l'illusoire. De nature renfermée, je n'avais guère de contact avec les blancs-becs de mon âge — ni avec quiconque d'ailleurs, hormis mes collègues de bureau, relations obligées —. Mon semblant d'indifférence à leur égard désespérait les filles ; mon incapacité à les séduire me navrait tout autant.

Tout en scrutant le ciel étoilé d'une beauté absolue, je rêvassais allongé sur un canapé sur ma terrasse lorsque les cris de panique d'une voix féminine me ramenèrent tout à coup sur terre.

— « Au feu, au feu ! Au feu, au feu ! À l'aide ! »

L'appel provenait de l'appartement voisin occupé par une quinquagénaire radoteuse vivant seule depuis la nuit des temps mais, sur le coup, il ne me sembla pourtant pas reconnaître sa voix aiguë de pimbêche !

Je me levai d'un bond, me dirigeai vers la balustrade séparant les terrasses et m'apprêtai à la franchir lorsqu'un éclat de rire tonitruant me stoppa en plein élan. De suite, je compris que je venais de me faire avoir !
« Non mais, qui est cette cinglée ? J'ai le sens de l'humour mais quand même, il y a des limites. »

J'enrageai, je fulminai, fus prêt à proférer un tas d'obscénités ; à insulter sans discontinuer la bécasse qui avait osé me faire cette blague douteuse.
Prêt à cracher mon venin, je levai les yeux vers elle.
Elle était là qui m'observait, satisfaite du tour pendable qu'elle venait de me jouer. Un sourire éclatant illuminait son visage.

Et à cet instant, devant cette beauté, ma colère fondit instantanément. L'être idiotement romantique que je suis, le connard de chez connard, pensa à l'apparition, à la révélation, à la providence, à l'amour éternel, à… que sais-je encore.

« Elle est sublime, elle est adorable, elle est merveilleuse. Elle m'est destinée » ai-je pensé.

La partie n'avait pas encore débuté mais je l'avais déjà perdue !

Elle s'appelle Laurence, vient de fêter ses vingt ans et elle passe la nuit chez ma voisine, l'amie de sa mère.

***

Lorsque je me suis éveillée à poil sur le plumard après le petit somme qui avait suivi cette partie de jambes en l'air, la triste vérité de la situation m'a soudain explosé la tête : comment avais-je pu me fourrer dans cette souricière ? Menée par une impulsion irrésistible, je me suis mise à hurler et me suis projeté la tête en avant contre le mur.
Oh ! Dieu, comme c'était douloureux... mais salutaire.
La souffrance physique endigue à présent la souffrance morale.
Mais comment ai-je pu me lier à ce limaçon ? Si je veux un jour refaire surface, il faut à tout prix que je m'en débarrasse. Et très vite !

***

Je l'ai rencontré par hasard en début d'été.
En froid avec ma mère après avoir foutu le bordel à la maison avec les copains lors de ma soirée d'anniversaire — Merde, on n'a pas tous les jours vingt ans —, je m'étais réfugiée chez ma marraine — sa meilleure amie — le temps qu'elle digère ses vases brisés et ses murs tagués.

Je venais de passer mon bac avec mention — au troisième essai, il était temps — et je n'avais encore aucune idée de la voie que je souhaitais emprunter sinon que mon futur chemin devait à tout prix se situer hors des sentiers battus.

Plutôt pas mal foutue, j'avais pour habitude de bécoter à gauche et à droite avec de jeunes boutonneux en mal d'amour. Les temps étant ce qu'ils sont, nous n'oubliions jamais de nous couvrir soigneusement avant de sortir et, ma foi, cette vie assumée de jeune délurée me convenait assez.

Quand j'ai passé la tête par-dessus la balustrade, il était étendu et silencieux à l'abri des regards sur le sofa de sa terrasse. Il contemplait béatement le ciel, les mains dans les poches. J'ai imaginé alors qu'il était occupé à se distraire avec sa zigounette et j'ai été prise d'un début de fou rire, difficile à contenir.

Empêcheuse de tourner en rond depuis toujours, je n'ai rien trouvé de mieux à cet instant que de me mettre à crier comme une damnée :

— Au feu, au feu ! Au feu, au feu ! À l'aide ! Et d'éclater tout aussi vite de rire.

Sur le moment, j'ai bien cru qu'il allait clamser.

Comme mû par un ressort, il s'est redressé d'un bond et s'est dirigé dans ma direction. Quand il m'a aperçue, il a voulu, me semble-t-il, hurler. N'y parvenant pas, son teint est passé presto du pâle au rouge vif, du rouge vif au cramoisi et du cramoisi au blême.

Tout en riant, j'ai alors pris peur.

Par bonheur, il s'est heureusement subitement apaisé.

Et, malgré le sourire benêt apparu au coin de ses lèvres, il m'a d'emblée scotchée !

« Ce mec-là, je le veux... Et pas seulement pour une partie de latex » me suis-je dit.

Il s'appelle Denis, et n'y voyez aucune malice, je vais l'épouser.

***

Trop confus pour l'aborder immédiatement, je me réfugiai dans la fuite en me précipitant dans mon appartement tout en veillant à ne pas croiser une deuxième fois son regard de braise. Mais à peine avais-je refermé la porte de la terrasse et tiré les rideaux que je regrettai de l'avoir laissée sans même oser lui adresser la parole.

« Mais quel crétin, mais quel trouillard ! »

« Purée, aurais-je seulement encore un jour l'occasion de la revoir ? »

Dépité, le cœur battant la chamade, je m'allongeai à même le sol et je tâchai, pour ne pas sombrer davantage, de trouver mille et une excuses à ma lâcheté :

« Trop belle pour moi, sans doute ! »

À cet instant précis, la sonnette retentit et je me liquéfiai.

Tel un automate, je me suis relevé lentement, approché du hall d'entrée, ai jeté un bref coup d'œil dans le judas et, tout penaud, lui ai ouvert la porte.

Et tout a réellement débuté !

Telle une furie, elle s'est jetée sur moi, m'a coincé contre le mur et m'a enfoncé sa langue profondément dans la bouche.

Un désir violent et brûlant m'emporta aussitôt.

Je répondis à son baiser et la serrai frénétiquement contre moi.

Nous perdîmes l'équilibre et nous écroulâmes maladroitement à même le sol.

En quelques secondes, elle se déshabilla et m'arracha littéralement tout aussi vite la totalité de mes fringues.

Nous nous retrouvâmes nus, enlacés sur la moquette, à gémir, à crier, à hurler et lorsque, en pleine extase, après un corps à corps féroce interminable, elle m'intima de venir, de venir, de venir, je ne pus que la satisfaire… enfin, j'espère !

***

« Mais qu'est-ce qu'il me fait l'asticot ? Il me fusille du regard et hop, il s'évanouit !

Disparu, le magicien. À la maison l'apollon.

Mais je ne le crois pas ; il se prend pour qui le jeune adonis ?

Il ne s'imagine quand même pas se débarrasser de moi avant même de m'avoir réellement rencontrée. Ah ! là, mon gaillard, je sens que cela va être ta fête. Monsieur est trop fier pour adresser la parole à une jeune fille mal fagotée ?

Et mais fallait pas m'envoyer ton regard ensorceleur alors. Accroche-toi mon coco, j'arrive. »

« Bon, je frappe comme une enragée ou je sonne ? Hum, je reste civilisée : un gros coup de sonnette. »

Inouï : il a ouvert !

Je me suis donc lancée… et tout a réellement débuté.

Avant qu'il ait pu esquisser le moindre geste, prise d'une impulsion subite, je me suis précipitée sur lui la tête en avant à la recherche de ses lèvres.

À mon grand étonnement, alors que je m'attendais à être repoussée, mon bel éphèbe m'enlaça immédiatement et répondit fougueusement à mon baiser.

De suite, ses mains commencèrent à se balader partout sur mon corps et il me caressa de telle manière que, bien vite, je perdis conscience de la misère de ce monde.

La montée de mon désir fut féroce et lorsque la petite baguette devenue gourdin s'introduisit dans mon tabernacle, je crus défaillir !

Et l'on dit que les premiers rapports avec un nouvel invité sont rarement satisfaisants !

Le ciel est teinté d'étoiles scintillantes ; mon futur s'annonce chaud et radieux.

***

Le lendemain, elle emménageait chez moi.

Dès lors, et durant douze mois, deux semaines et trois jours, j'ai plané.

Pendant plus d'une année, toute ma vie s'organisa en fonction de Laurence.

Laurence, ma dulcinée ; Laurence, mon philtre d'amour ; Laurence, ma moitié.

Victime du coup de foudre dans toute sa splendeur, j'en oubliai, moi la tête habituellement bien sur les épaules, que les réveils les lendemains de fête sont souvent pénibles et douloureux !

Mais que ce fut bon, délicieux, idyllique.

Ah ! comme nos différences nous sublimaient : qui eut pu croire qu'un toqué du rangement, radin comme pas deux, fils à maman chérie, respectueux de toutes les institutions puisse vivre le grand amour avec la reine du bordel, dépensière hors catégorie, revêche à la famille, anarchiste convaincue.

Nul dans notre entourage n'aurait misé un euro sur notre couple mais qu'avions-nous à faire de ces infâmes jaloux ?

Je m'étais enfin éveillé à la vie et le premier juillet, sous un soleil radieux, je l'épousais.

***

Lorsqu'il me proposa, dès le jour suivant cette folle rencontre, d'aller vivre chez lui, j'acceptai sans réfléchir une seconde sa proposition.

Il avait suffi d'une nuit d'amour pour que je renie mes solides résolutions — batifoler avant tout, coucher avec qui bon me semble, aimer... mais pas trop et surtout sans attaches — et me lie à lui.

Mes copines eurent beau me traiter de folle, ma mère s'emporter, rien n'y fit : j'étais possédée et ne pouvais plus me passer de lui.

Physiquement, mentalement, il me le fallait à tout instant du jour et de la nuit.

Sur notre nuage, nous vécûmes des mois merveilleux !

Je me surpris à faire la vaisselle, à surveiller mes dépenses, à être aimable avec sa famille et, même, à fréquenter occasionnellement l'église.

Il laissa parfois traîner un verre, m'offrit des fleurs, passa quelques dimanches sans rendre visite à sa chère maman et en arriva, parfois, à critiquer ouvertement devant ses amis ce cher Président Nicolas.

Nous réussissions là où tant d'autres avaient échoué.

Je me mis à croire réellement à l'amour éternel et, un premier juillet, toute de blanc vêtue, je l'épousai.

**

Le mariage fut somptueux.

Laurence, resplendissante dans sa robe immaculée, irradiait le bonheur.

La journée fut longue et éprouvante mais tellement idyllique : passage devant monsieur le maire à dix heures, cérémonie religieuse à quatorze heures, début des festivités à seize, repas raffiné à dix-neuf et fiesta pour tous dès vingt et une heures.

Plus de cent cinquante personnes avaient répondu à notre invitation et la fête se prolongea jusqu'à l'aube pour les plus résistants.

Pour notre part, nous nous éclipsâmes comme il se doit vers une heure pour rejoindre notre chambre d'amour réservée dans le seul palace de la ville.

Chérot tout cela mais maman adorée avait convaincu papa de nous offrir ces noces magiques.

Ah ! chère maman, jamais je ne te remercierai assez.

***

Ce mariage, mon mariage, ne se déroula pas exactement comme je me l'étais imaginé dans mes rêves d'adolescente boutonneuse.

Mais qu'avions-nous à inviter tous ces ploucs que je n'avais, pour la plupart, jamais vus ?

Mais quels déballages de flatteries, quels sommets d'hypocrisie avons-nous réussi à atteindre ?

J'espérais être entourée de vrais amis et me suis retrouvée avec des snobs grabataires aux sourires vicelards.

Pas étonnant que mes quelques copains et copines qui avaient trouvé grâce aux yeux de mon bien-aimé se soient évanouis avant même la fin de ce repas insipide.

Ah ! comme je hais cette belle-mère fardée comme une pute qui, sans un mot, a réussi à faire comprendre à chaque convive que, sans elle, la féerie, « sa » féerie, aurait été moins somptueuse.

Épuisée mentalement après avoir été forcée de sourire à contrecœur toute cette interminable journée, je ne pouvais me défaire de l'idée nauséeuse d'avoir vendu mon âme.

Et ce n'est que vers une heure que je réussis, à force d'insister, à arracher mon désormais mari à sa famille et à ses amis et que nous nous sommes enfin retrouvés seuls.

***

— Laurence, ma chérie, ne le prends pas mal mais, maintenant que nous sommes mariés, il faudrait peut-être commencer à songer à replacer ta brosse à dents dans le gobelet après l'avoir utilisée.

Elle s'était apprêtée dans la salle de bains et m'attendait impatiemment allongée à demi-nue sur le lit quand, alors que je terminais moi-même mes ablutions et que j'enfilais mon slip léopard dernier cri, je lui ai sorti, sans même y réfléchir une seconde, cette remarque médiocre.

Au silence pesant qui suivit, l'incorrigible maniaque que je suis se rendit compte, mais trop tard, de l'énormité qu'il venait de proférer !
Désemparé, je la rejoignis prestement sur le lit et tentai, tout en essayant de l'enlacer, de tourner ma remarque en ridicule.
Elle ne m'en laissa pas l'occasion car elle me décrocha un tel coup de pied dans les parties intimes que j'en perdis aussitôt l'usage de la parole et toute envie d'amour fauve pour quelques jours.

Mon cauchemar venait de débuter.

**

Mais qu'est-ce qu'il me sort un soir de nuit de noces ce poussin d'amour ?
Mais il vient de me couper toute envie de baiser avec lui pour l'éternité !
Quoi ! J'ai laissé traîner ma brosse à dents sur le lavabo.
Mais c'est un crime impardonnable. Mais je mérite l'échafaud !

Oh ! chéri, je t'en prie, pas de condamnation sans procès. Et les circonstances atténuantes ?

Pour rappel, je viens de me taper par ta faute cent cinquante connards de première pendant plus de douze heures de ce qui devait être une des plus belles journées de ma vie et je m'apprêtais, malgré ces minuscules contrariétés, à te faire admirer une constellation d'étoiles.

Ah ! le crétin.
Et monsieur voudrait quand même me peloter maintenant !
Là, on nage dans le surréalisme.
Tiens, tu l'as déjà senti mon pied dans tes roubignolles ?

Oh ! merde. Là, j'ai peut-être commis une grosse bêtise !

***

Après son coup d'une précision diabolique digne d'un maître ès castrations, et tandis que je hurlais comme âne qui brait, Laurence s'est précipitée vers le frigo pour y dénicher de quoi soulager un tant soit peu ma douleur.
Tout en s'excusant vaguement, les larmes aux yeux, elle m'a alors déposé maladroitement son remède miracle sur le ventre.

Je dois avoir vécu une expérience unique !
Je n'imagine pas qu'un autre humain puisse avoir passé comme moi sa nuit de noces le serpentin tout bleu placé sous un gant de toilette empli de glaçons.

Assommée par l'émotion, Laurence s'est ensuite endormie comme un bloc à mes côtés et au réveil, le lendemain matin, elle semblait avoir tout oublié.

Mon épouse était redevenue charmante et plaisante.
Pas un mot sur les événements de la nuit.
Seul mon scoubidou en piteux état me prouvait que je n'avais pas rêvé.
Comme si de rien n'était, nous sommes donc partis en jeunes tourtereaux pour dix jours en voyage de noces sur la côte normande dans l'hôtel où papa et maman avaient, eux aussi, heureuse coïncidence, passé leur lune de miel.

À peine arrivés à Trouville, je dus cependant déchanter.
Telle une huître, Laurence se referma.
Ma dulcinée, perdue dans de sombres pensées, ne m'adressa plus guère la parole, s'enfonça dans une mélancolie profonde et refusa obstinément durant l'entièreté de notre séjour tout contact charnel.
Côtoyer un être cher tout en sachant que votre présence l'insupporte fut le supplice atroce qu'elle me fit subir durant toute cette décade.

Et puis ce matin, jour de retour, pour je ne sais quelle raison, déchaînée comme jamais, Laurence me sauta littéralement dessus et me viola proprement.
Ses sévices accomplis, elle s'assoupit et se buta la tête contre le mur en s'éveillant !

Y'a pas à discuter : cette fille est folle !

***

Merde, mais qu'ai-je fait ?
J'y suis peut-être allée un peu fort. Vite de la glace.
Oh ! zut, horrible.

Mais pourquoi a-t-il fallu aussi qu'il me sorte brusquement de mon conte de fées avec sa remarque à la con.

Denis, dis-moi que c'était du pipeau, que tu ne voulais pas me blesser.

Tu sais, je t'aime, je t'adore, ton être entier me possède mais dans la vie, je n'ai jamais supporté que l'on me sermonne.

Je déteste les donneurs de leçons. Alors, comprends ma déception, mec, toi, mon petit Dieu.

Mais, je te jure, j'essaierai d'oublier, de ne plus y penser.

Demain, ça ira mieux, je t'assure.

T'as compris, là, tout ce que t'envoie mon regard ? Dis-moi que t'as compris amour.

J'en crève de toi.

Le lendemain, je retrouvai le sourire. Mon taux d'hormones avait sûrement fortement varié au cours de la nuit car au réveil, il me semblait avoir été victime d'un horrible cauchemar.

Je retrouvai mon ange adoré et, en guise de réconciliation, je m'amusai même à lui enduire le sexe, viré au noirâtre durant son sommeil, d'un onguent adoucissant.

Hélas, à peine arrivés sur la côte normande, badaboum, l'imbécile heureux crut bon de me rappeler la chance inouïe que nous avions de pouvoir compter sur papa et maman ! Mais Denis, peux-tu comprendre que je n'en ai rien à foutre de tes parents encombrants et de leur putain d'oseille ?

Je peux le dire, à cet instant précis, le prince charmant rêvé de mon enfance s'est envolé à jamais et les dix jours qui suivirent furent un véritable calvaire !

Je n'eus plus la moindre envie de l'approcher, de le cajoler.
Le sentir endormi la nuit à mes côtés provoquait une angoisse profonde en moi.
J'étais perdue, désespérée, au bord du précipice.

Il me fallait donc en avoir le cœur net : cet homme, adoré il y a une grosse semaine encore et qui me répugnait tant à présent, avait-il encore une chance de trouver grâce à mes yeux, de me séduire à nouveau ?
Aussi, le matin même de notre retour, je me jetai sur lui.
Et là, ma besogne accomplie, au vu du piètre résultat ressenti, je ne pus que me fracasser le crâne de désespoir.

***

Tourmentés chacun par nos pensées sombres, nous ne pipâmes mot sur la route du retour.
Nous avions quitté un nid d'amour, nous réintégrions un appartement froid.

Depuis le jour où Laurence avait surgi dans ma petite vie bien réglée de jeune homme de bonne famille, j'avais perdu toute capacité de réflexion et d'analyse.
Après avoir plané grâce à elle pendant plus d'un an, je plongeais à présent par sa faute dans les abîmes du désespoir le plus profond.

Mon aveuglement dans le bonheur se prolongeait maintenant dans le malheur. Un étau enserrait ma tête, une douleur sourde me nouait l'estomac.

Je devais agir vite sous peine d'implosion.

J'ouvris la porte-fenêtre de la terrasse, m'approchai de la balustrade, la priai gentiment de venir me rejoindre — ce qu'elle fit machinalement, comme devaient le faire les condamnés montant sur l'échafaud, conscients de leur impossibilité à changer encore le cours des choses — et la pris dans mes bras.

Je l'enserrai ensuite comme je l'avais enserrée langoureusement tant de fois, l'embrassai fiévreusement, lui montrai, comme le soir de notre rencontre, ce ciel de pleine lune éclairé d'étoiles scintillantes.

Elle se tourna vers moi, me serra au plus près, m'étreignit de ses bras et me souffla alors au creux de l'oreille cette phrase que je mis quelques secondes à saisir et qui me suffoqua !

***

En bagnole avant, on chantait, on riait, on déconnait et puis, maintenant, plus rien, on s'emmerde.

Je suis une conne, j'ai toujours été une conne !

Ce n'était quand même rien cette histoire de brosse à dents.

Je ne supporte rien : pas la moindre remarque, pas la moindre contradiction, pas le moindre contretemps.

Le monde a toujours dû tourner comme je voulais qu'il tourne. Jamais j'ai su m'adapter à quoi que ce soit.

Pourquoi ai-je toujours été rebelle, pourquoi tant de révolte en moi ?

Misère, papa, pourquoi tu t'es buté ? Je voudrais tant que tu sois à mes côtés.

On ne laisse pas sa fille de six ans seule au bord du chemin. Je t'en veux, tu sais. J'étais bien trop petite et déjà à l'époque t'étais le seul qui pouvait me comprendre, qui savait me diriger. Y'a pas à dire, on était du même moule tous les deux.

J'en ai marre, papa. Aide-moi.

J'ai déconné toute mon enfance, toute mon adolescence mais là, depuis que je l'avais, mon Denis, je me sentais bien, je me sentais heureuse. À vrai dire, je me sentais enfin femme, enfin épanouie.

Et patatras, chassez le naturel, il revient au galop : la moindre remarque négative et je me cabre, je m'emporte ; et revient alors cette foutue manie de me taper la tête partout.

Maintenant c'est râpé, j'en suis sûre, il doit en avoir marre de ma gueule, il doit se demander comment se débarrasser de cette dingue. Putain, je l'aimais pourtant ce salaud.

Oh ! mais il m'appelle. Et ce sourire... Oui, il me prend dans ses bras, m'embrasse, me serre, me serre tellement. Je chavire à nouveau.

« Non Laurence, c'est trop tard » me susurra alors une petite voix intérieure.

— Denis, mon amour, si tu m'aimes encore un peu, balance-moi par-dessus la balustrade.

***

Ses paroles m'ont réveillé, sorti de mon somnambulisme !
Je la lâche, me mets à trembler, à hoqueter.
— Pardonne-moi, pardonne-moi, je t'en supplie.
Mais comment ai-je pu en arriver à cette extrémité ?
Comment une remarque maladroite et mal perçue a-t-elle pu nous faire dérailler à ce point ?
Un léger différend comme il en arrive dans chaque couple, un abcès non crevé, a dégénéré en quelques jours, a pris des allures de drame et allait se terminer en un assassinat en bonne et due forme.
Moi, celui que tous considèrent comme un être stable et équilibré, je m'apprêtais à accomplir ce soir, en toute conscience, avec préméditation, un acte immonde en précipitant celle que j'aimais, que j'aime encore, par-dessus le balcon.

J'hallucine. Est-ce donc cela que l'on appelle l'amour fou ?

Pourra-t-elle jamais me pardonner ?

***

Nous avons tenté de recoller les morceaux, mais en vain.
Nous nous sommes quittés six mois plus tard.

La vie sans elle n'a plus la même saveur.
La vie sans lui est moins exaltante.
Mais il vit.
Mais elle vit.

Promenade au cimetière.

J'ai toujours aimé me balader dans les cimetières. Je peux passer des heures à lire les épitaphes inscrites sur les tombes, à dévisager longuement les photos plaquées sur les monuments funéraires. Je porte une attention particulière aux anciennes sépultures dégradées par le temps, aux caveaux de famille dont les occupants ont été inhumés depuis la nuit des temps.

Au cours de ces promenades, les mêmes questions me taraudent sans cesse : Qui furent ces êtres oubliés de tous à présent ? Quelle existence menèrent-ils ? Quels furent leurs espoirs, leurs aspirations ? Furent-ils heureux ? Ont-ils, au soir de leur vie, dressé un bilan positif de leur court passage sur terre ?

Cette année-là, je devais avoir près de trente ans, j'étais seul en vacances en Allemagne, dans la vallée de l'Eifel, et je séjournais dans l'unique auberge d'un bourg dont l'église, bâtie sur un promontoire, est entourée d'un cimetière.
La journée avait été chaude — nous étions en juin — et je m'étais baladé plusieurs heures en forêt à la recherche d'animaux en liberté. Après le dîner, pas assez fatigué pour aller me coucher, me vint l'idée d'une promenade nocturne près de l'église.
Malgré le soir tombé, le temps était encore lourd et l'atmosphère pesante, sans le moindre souffle de vent. Nul bruit ne troublait le silence pesant de cette nuit estivale. Il ne devait pas être plus de vingt-trois heures et pourtant les ruelles du village étaient désertes. Les quelques lampadaires

déjà éteints, je n'avais que la lune — pleine ce soir-là — pour toute clarté !

Si la porte de l'imposante église était close en cette heure tardive — était-elle d'ailleurs seulement ouverte en journée ? —, j'eus l'agréable surprise de constater que l'immense grille de fer forgé barrant le chemin d'accès au cimetière était, elle, entrouverte. Ravi de l'aubaine, je m'engouffrai sans hésiter dans ce lieu pourtant considéré comme lugubre par beaucoup.

Fidèle à mes habitudes, je déambulai alors au hasard des allées et m'attardai ci et là devant les tombes, attiré tantôt par un nom, tantôt par une ancienne photographie au support de porcelaine, tantôt par la conception particulière d'un caveau.
Ainsi, au bout d'une allée, une sépulture légèrement décalée m'attira.
J'y découvris le portrait très abîmé d'une dame encore jeune, aux lèvres pincées et au regard étonnement triste — comme si elle avait eu conscience au moment de la prise de l'utilisation future qui serait faite de son image —.

Je m'approchai sans appréhension mais dès que je fus obligé de m'agenouiller sur l'imposante dalle horizontale de pierre bleue afin de pouvoir en lire l'épitaphe, passablement dégradée, figurant sur le front du caveau, le sentiment diffus de profaner cette tombe me saisit !

La jeune femme s'appelait Cécile Van... — la suite était illisible —, était née le huit avril 1886 et décédée le trois août 1914.

Au moins n'aura-t-elle pas connu les affres de la Première Guerre mondiale, me dis-je.

Et, satisfait, j'allais me relever quand j'aperçus, tout en bas, une seconde inscription.

Intrigué, je dus maintenant pratiquement me mettre à plat ventre sur la dalle pour tenter de déchiffrer cette deuxième gravure moins lisible encore que la précédente et réalisée de façon beaucoup plus grossière.

Mon émoi fut vif lorsque, après de nombreux efforts, je parvins enfin à mes fins. Parbleu ! comme cela était troublant... Je n'eus cependant guère le temps de m'appesantir sur le sens de ce dont je venais de prendre connaissance car, au même moment, sans raison apparente, la cloche de l'église sonna lentement — comme sonne le glas — trois coups.

Et alors qu'effrayé, je voulais me redresser, je sentis, sans cependant les apercevoir, deux bras dotés d'une force peu commune me saisir la tête, m'enserrer le torse et me plaquer sur la pierre pour m'empêcher de me relever !

Pris de panique, une angoisse profonde m'envahit et je sentis mon cœur s'emballer.

Tel une bête affolée prise au piège, je me débattis de toutes mes forces et réussis, tant bien que mal, après une courte mais intense empoignade, à me libérer de l'emprise de l'occupante de la tombe.

Horrifié, je me mis à courir à folles enjambées vers la sortie de ce lieu devenu soudain maléfique à mes yeux.

La grille passée, je tentai, sans succès, de me raisonner et de reprendre mes esprits et c'est donc au pas de course que je rejoignis l'auberge et ses lumières apaisantes.

La réceptionniste, une femme d'âge mûr vêtue d'une robe à franges surannée, dut remarquer mon trouble car, alors qu'elle me tendait la clé de ma chambre, elle me demanda d'un air soucieux si j'avais besoin d'aide. Tout en hochant négativement la tête, je tentai de lui sourire mais, à son regard effaré, je compris qu'en retour, elle ne perçut sur mon visage qu'un affreux rictus. J'abrégeai donc notre tête à tête en lui arrachant littéralement la clé des mains et, tout en lui souhaitant bonne nuit dans un allemand approximatif, je m'engouffrai dans l'ascenseur et pénétrai, haletant, dans ma chambre.

Après en avoir fermé la porte à clé à double tour derrière moi, il me fallut de longues minutes avant de parvenir, allongé sur le lit, à retrouver un peu de sérénité.
« Raisonnons posément, me dis-je alors. Hubert, tu perds la tête. Voilà qui t'apprendra à préférer la fréquentation des défunts à celle de tes congénères. Il fallait bien que pareille mésaventure t'arrive un jour. Ton imagination vient de te jouer des tours, voilà tout. Reprends les faits et analyse-les posément. Tu n'y trouveras pas de quoi fouetter un chat. »

Vaguement convaincu par mon propre discours, je m'efforçai donc de revivre les événements de manière plus posée.

Ma panique avait incontestablement débuté à l'instant où j'avais réussi à déchiffrer la seconde inscription. Je me forçai donc à y réfléchir calmement et là, de suite, je me sentis ragaillardi : « Ah ! si le farceur qui s'est amusé à graver ces mots sur la stèle m'avait surpris ce soir, me dis-je, sûr qu'il serait fier de son coup. Oh là ! oui, je m'en veux. Mais comment ai-je pu tomber dans ce piège grossier ? »

« *Conrad m'a tué, lavez mon âme.* »

« Ah ! mais comment n'ai-je pas tiqué de suite ? me demandai-je. Une inscription mystérieuse en français sur une tombe d'un cimetière allemand. Quel non-sens ! Mais non, comme un gamin innocent, j'ai plongé. Ah ! l'imbécile que je suis. Mince ! il m'a bien eu le plaisantin. Un francophone, en plus ! »

Je repensai ensuite à la cloche : « Est-il donc si étrange que l'on sonne le glas juste avant la nuit ? Ne s'agit-il pas tout simplement d'une habitude dans la région ? Une façon de rappeler à chacun ses obligations de prière avant l'extinction des feux dans les chaumières », me questionnai-je.

Si je réussis tant bien que mal à me satisfaire de cette interprétation plausible mais pour le moins tirée par les cheveux, je ne trouvai, par contre, aucune explication rationnelle à la sensation étrange d'avoir été cloué au sol par des bras à la force surnaturelle !

« Mais dans un contexte aussi étrange, notre subconscient ne prend-il pas parfois le pas sur notre conscient » me persuadai-je finalement. « Je me suis imaginé être retenu, voilà tout » concluais-je.

Mes péripéties nocturnes ne tenaient donc pas du surnaturel et je n'avais aucune raison de m'en inquiéter encore.

Fort de cette certitude, épuisé mais rassuré, je m'endormis comme une masse.

Comme je n'avais prévu de poursuivre ma route que le lendemain après-midi, je décidai, après le petit-déjeuner, de retourner une nouvelle fois au cimetière, histoire de me prouver définitivement que toute cette aventure nocturne n'avait rien à voir avec l'au-delà, ou que sais-je encore.

Une fois l'imposante grille franchie, c'est sous un soleil radieux particulièrement rassurant que je me dirigeai d'un pas léger vers la tombe de Cécile, cette jeune femme au regard triste, responsable involontaire de tous mes tourments de la veille.
Ma quiétude fut brève car, à peine arrivé devant le caveau, j'écarquillai les yeux de stupeur : l'inscription en langue française avait tout bonnement disparu !
Sous le choc, je crus défaillir.

Occupé à creuser à quelques mètres, le fossoyeur, un homme mince d'une cinquantaine d'années au dos légèrement voûté, dut s'apercevoir de mon émoi car, la pelle négligemment posée sur l'épaule, il vint aussitôt à ma rencontre.

Face à mon allemand trop limité et à sa méconnaissance totale du français, nos premiers échanges furent malaisés mais c'est finalement en anglais, seule langue décidément universelle, que nous réussîmes à communiquer.
Cet individu disert, natif de la bourgade, responsable des lieux depuis plus de vingt-cinq ans, semblait connaître l'histoire de chacun des occupants des lieux. Fier de pouvoir m'étaler son savoir, il ne m'épargna rien sur l'origine du cimetière ni sur la destinée de bon nombre de défunts y enterrés. Je l'écoutai d'une oreille distraite, impatient de le

voir aborder enfin l'histoire de Cécile, seul cas qui m'intéressait vraiment ici. Et alors qu'agacé, je n'y tenais plus et que j'allais le remercier de sa bienveillance et quitter prestement les lieux, tel un excellent orateur capable de capter à nouveau l'attention de son public au moment où celui-ci décroche, il me parla enfin d'elle.

« Savez-vous pourquoi, me demanda-t-il, cette tombe n'est pas située exactement dans l'alignement des autres mais plus en retrait et en bout d'allée ? »

Satisfait de me voir hocher la tête négativement, il continua :

« Car, mon cher, cette jeune dame s'est suicidée. Et comme toute personne qui quitte volontairement cette vie, elle ne pourra jamais être accueillie par notre Seigneur et Maître en son paradis éternel. »

Énervé d'entendre pareille ineptie, j'allais interrompre brusquement son prêche d'évangéliste convaincu quand il poursuivit dans un long monologue :

« Voyez-vous, Monsieur, cette dame, Cécile Vanassche, était française, originaire du nord de la France si mes souvenirs sont exacts. Son mari, Conrad Vonbierst, le fils du plus grand notable du bourg, l'avait rencontrée lors d'un voyage d'affaires vers 1904 dans cette région. Il en était tombé immédiatement follement amoureux et, bien qu'elle ne parlât pas l'allemand et qu'elle fût d'origine plutôt modeste, il la demanda en mariage moins d'une semaine après l'avoir vue pour la première fois. Il la persuada aussi vite de venir s'installer ici et l'épousa trois mois plus tard.

Les premières années, leur mariage fut heureux mais comme la jeune femme ne réussissait pas à tomber enceinte, il se dit que l'absence d'un futur héritier commença ensuite tout doucement à peser sur les relations dans le couple.

Et que dire alors des relations politiques entre les deux pays qui s'envenimaient et allaient aboutir à l'effroyable affrontement que vous connaissez.

Bref, le jour même de la déclaration officielle de guerre entre les deux nations, et alors que Conrad s'apprêtait à rejoindre son bataillon pour combattre les compatriotes de son épouse, celle-ci préféra disparaître.

On l'a retrouvée noyée dans l'étang de leur propriété !

Fou de chagrin, Conrad dut alors délier généreusement les cordons de sa bourse et arroser prêtre et maire pour qu'elle puisse bénéficier d'un office religieux et ne pas être inhumée, comme il est de coutume ici pour les suicidés, dans la fosse commune. Malgré sa prodigalité, il ne put cependant — Dieu merci — tout obtenir puisque notre premier représentant fut inflexible sur un point : il exigea que la tombe de la jeune dame soit séparée des autres, comme l'on sépare le bon grain de l'ivraie.

Triste mais malgré tout belle histoire, n'est-il pas ? » conclut-il.

Bouleversé et ne sachant trop quoi lui répondre, j'acquiesçai, le remerciai vaguement et le quittai à la hâte.

Dans mon esprit, tout était clair, à présent !

Je vous l'avoue, jamais avant ce voyage mémorable, je n'avais cru en l'existence d'un au-delà, à une quelconque survie de l'âme. Mais après avoir vécu ces événements étranges et tout à fait incompréhensibles, il m'a fallu revoir mon jugement. Je ne peux expliquer l'inexplicable mais j'en suis maintenant certain : d'une manière ou d'une autre, nous survivons. Et il est possible, à ce qui subsiste de nous, dans des cas d'extrême nécessité — pour se libérer ? — de communiquer avec le monde des vivants.

Le message est clair, monsieur : Cécile ne s'est pas suicidée mais Conrad, son cher mari, désespéré d'être marié à une Française, représentante de l'ennemi de la Nation, l'a noyée.
Mais que pouvais-je imaginer pour répondre à l'appel de Cécile ? Qu'attendait-elle exactement de moi ? Comment pouvais-je l'apaiser, lui offrir le repos mérité ?
Ces questions m'ont obsédé pendant des mois et des mois et puis, une nuit, alors qu'au cours d'un repas je venais de raconter ce récit à une rencontre de hasard, Cécile, souriante et reconnaissante, m'est apparue en songe la nuit qui a suivi. Et, croyez-moi ou pas, cher monsieur, la jeune dame m'a supplié alors de propager encore et encore l'histoire de sa destinée tragique.

Voilà donc pourquoi, monsieur, au risque de vous importuner, je me suis permis de vous aborder ce soir.

Et si ce récit vous a touché monsieur, à votre tour à présent, je vous en prie, de le répandre autour de vous.
Car plus nous serons nombreux parmi les vivants à connaître la vérité, plus l'âme de Cécile aura de chances de s'apaiser, de trouver quiétude et sérénité pour l'éternité.

Te souviens-tu ?

— Te souviens-tu, Marie chérie, de notre première rencontre ?

— Si je m'en souviens, mon Pierre adoré ? Bien sûr, comme si c'était hier.

C'était en septembre. Maman venait de perdre grand-père. Pour se remettre des jours pénibles qu'elle venait de vivre, elle avait décidé de partir une dizaine de jours dans le sud de l'Espagne. Je l'accompagnais. Nous logions dans un petit hôtel trois étoiles qui offrait une vue latérale sur la mer.

J'avais vingt-sept ans, je profitais de la vie et papillonnais beaucoup. Comme de nombreux jeunes à l'époque, j'étais fière d'avoir conquis mon indépendance, ma liberté et je voulais me démarquer de cette société de bien-pensants rigides.

Appuyée sur la balustrade de ma petite terrasse, je profitais, les yeux fermés, des derniers rayons de soleil lorsque le bruit d'une porte-fenêtre que l'on ouvre m'a dérangée. J'ai tourné la tête et je t'ai aperçu sur la terrasse contiguë. Lorsque tu m'as vue, tu m'as vaguement saluée, sans plus. J'ai refermé les yeux profitant de la douce chaleur du soleil couchant sur la peau de mon visage.

Ta voix me baragouinant quelque chose d'une façon tout à fait inintelligible dans je ne sais quelle langue m'a sortie de ma rêverie. Interdite, je t'ai regardée et tu m'as répété plus distinctement tes paroles. Tu me demandais en allemand si j'étais originaire de ce pays. Je m'apprêtais à te répondre lorsque tu m'as répété la même question mais en anglais cette fois et avec l'accent si typique des Français s'essayant fièrement à parler la langue de Shakespeare. Je t'ai répondu en français. Ah ! ton air penaud à cet instant. Tant d'efforts pour rien, mon pauvre chéri. En fait, heureux hasard, nous étions du même pays et habitions la même région à moins de trente kilomètres l'un de l'autre.

Avant d'être interrompus par maman — il était l'heure de passer à table — nous avons discuté de tout et de rien pendant une petite demi-heure, je crois. Puis, comme je repartais deux jours plus tard à l'aube, je t'ai salué en pensant bien ne jamais te revoir.

Mais le lendemain, tu m'attendais sur la plage et nous avons beaucoup parlé, de psychologie notamment.

Soudainement devenus inséparables, nous nous sommes revus le même soir — mon dernier soir — et après avoir encore beaucoup discuté et nous être découvert de nombreux atomes crochus, nous sommes allés nous promener sur l'avenue longeant la mer. Tu m'as montré le ciel étoilé, choisi pour nous le plus brillant des astres, et puis tu m'as embrassée. Assis sur un banc, nous sommes restés enlacés de nombreuses minutes.

Avant de nous quitter, je t'ai proposé de venir me voir à la maison s'il t'arrivait de passer dans mon patelin mais tu m'as bizarrement rétorqué que cela t'étonnerait, comme si cela te paraissait impossible. J'en fus choquée.

Et alors que nous allions nous séparer définitivement, tu as sorti de la poche de ton jean une lettre que tu m'as remise. Tu m'as demandé de ne la lire que lorsque je serai dans l'avion. J'ai tenu parole.

Tes mots m'ont transpercé le cœur. Tu me remerciais pour cette histoire d'amour platonique et éphémère. Tu jurais que jamais tu ne m'oublierais, que je resterais, à jamais, gravée dans ta mémoire au rayon des instants magiques et merveilleux de la vie.

J'étais désemparée, tiraillée par des sentiments contradictoires. J'étais heureuse d'avoir pu vivre cette aventure romantique si différente des autres mais satisfaite également de m'en retourner vers ma vie de femme libre. J'étais mélancolique aussi de savoir que ces moments délicieux auraient pu trouver un prolongement plus merveilleux encore... quitte à remettre en cause tous les fondements de ma vie.

Tu vois, Pierre adoré, quarante ans plus tard, celle que tu avais d'abord prise pour une jeune teutonne homosexuelle accompagnée de sa compagne beaucoup plus âgée, n'a rien oublié.

— Et te souviens-tu, Marie chérie, de notre mariage.

— Si je m'en souviens, mon Pierre adoré ? Bien sûr, comme si c'était hier.

Nous nous connaissions depuis dix ans. Les premiers mois, nous avions connu l'amour fou. Ensuite, ma passion pour toi m'avait de temps en temps joué des tours. La fille au besoin infini de liberté était soudainement devenue possessive. Je te voulais entièrement à moi, ne supportais plus de devoir te partager. Nous fûmes ébranlés mais notre amour nous permit de surmonter ces moments parfois pénibles.

Plus tard, celle qui avait juré de ne jamais enfanter, de ne jamais se marier — pratiques d'un autre temps — se mit à évoluer. Oui, la nature me rattrapa. Mon désir de procréer devint même une obsession. Hélas, par deux fois, je perdis l'enfant qui voulait grandir en moi. Je me sentais maudite, damnée. Mais le temps n'était pas venu.

Tout bien soupesé, Pierre adoré, nous avons cependant traversé cette décennie dans le bonheur. Nous avons beaucoup voyagé et profité de la vie et de ses plaisirs. Ah ! comme nous avons ri, comme nous nous sommes aimés.

Et arriva donc le jour où l'enfant s'accrocha et se mit à grandir dans mon ventre. Nous décidâmes de nous marier.

La fête fut fabuleuse : nous étions cinq, y compris le futur bébé. Mais qu'avions-nous besoin des autres puisque nous nous suffisions.

Vint notre fille ; vint ensuite notre fils.

Jamais, mon Pierre adoré, je ne fus plus heureuse, plus épanouie que lors de ces mois pendant lesquels nos enfants se développèrent en moi. Un sentiment de plénitude m'habitait alors. Ah ! comme tu aimais t'endormir chaque soir la main posée sur mon ventre rebondi.

Rythmées par les fêtes d'anniversaire des enfants, les années qui ont suivi ont alors défilé à la vitesse grand V, dans la joie, dans le bonheur.

Tu vois, Pierre adoré, trente années plus tard, celle que tu as tant aimé caresser n'a rien oublié.

— Mais te souviens-tu, Marie chérie, de ce jour où tout bascula ?

— Si je m'en souviens, mon Pierre adoré ? Bien sûr, comme si c'était hier.

Je venais de sortir du bain et m'essuyais soigneusement le corps lorsque j'ai senti cette grosseur dans mon sein. Je t'ai appelé et tu m'as examinée. Inquiet, tu m'as conseillé de me faire ausculter tout de suite.

Ébranlés, nous nous sommes rendus immédiatement chez notre médecin de famille et là, bien vite, tout s'est enchaîné : mammographie, échographie, prises de sang multiples, biopsie… Pendant plusieurs jours, les examens ont succédé aux examens. Et ce qui est horrible alors, c'est que si certaines mines s'allongent, l'on ne vous dit rien. Il faut attendre, attendre encore et toujours le diagnostic officiel.

Nous ne dormions plus, nous ne vivions plus. J'espérais encore, je ne voulais le croire : « Pas moi, c'est impossible ».

Puis tomba le verdict, implacable : mammectomie !

D'une seconde à l'autre, ma vie venait de basculer. J'étais passée du monde des bien portants à celui des malades.

Qu'est-il de plus horrible pour une femme que d'être touchée en plein cœur de sa féminité ?

J'ai vacillé, me suis écroulée, ai pensé abandonner. Tu étais à mes côtés, bien sûr, mais tu le sais aussi bien que moi, on est toujours seul face à la maladie.

Mon renoncement n'a pas duré. Je me suis relevée, ai décidé de me battre. Oh ! pas pour moi, ni même pour toi malgré l'amour que je te porte mais pour ces deux bouts de chou qui avaient encore tellement besoin de leur maman. Aidée par un gynéco que je ne vénérerai jamais assez, j'ai pris les armes et lutté de toutes mes forces pour vaincre ce foutu crabe, cet empêcheur de tourner en rond.

Et mon courage fut récompensé.

Tu vois, Pierre adoré, vingt années plus tard, celle qui fut touchée au plus profond de son être n'a rien oublié.

Je me souviens mais je me souviens de tant de belles choses aussi, mon Pierre adoré.

— Et te souviens-tu de notre couple, Marie chérie ?

— Si je m'en souviens, mon Pierre adoré ? Bien sûr, comme si c'était hier.

Je me souviens de deux êtres nés pour se rencontrer.
Je me souviens de notre symbiose.
Je me souviens de toi, de ta voix, de tes rires, de tes mains me caressant le corps, de ton odeur, de ta peau, de ton sexe.
Je me souviens de nos discussions infinies, des sujets sur lesquels tu aimais me voir réagir, m'énerver ; de ton air malicieux, arrivé à tes fins.
Je me souviens de notre amour et des fruits de celui-ci.
Je me souviens de tout cela, mon Pierre adoré, et bien plus encore.
Je me souviens de tout.

— Te souviens-tu alors de ce jour fatidique ?

— Si je m'en souviens, mon Pierre adoré ? Bien sûr, puisque c'était hier.

Tu étais allongé sur le lit. Deux jours auparavant, tu avais été opéré pour la troisième fois depuis ton arrivée à l'hôpital, quarante-deux jours plus tôt. On t'avait une nouvelle fois ouvert le crâne. Depuis ton accident vasculaire cérébral, tu n'avais pas encore repris connaissance. Six semaines de coma, mon Pierre adoré, six semaines tragiques, six semaines de désolation.

Le neurologue venait de quitter la chambre. Il se voulait optimiste. L'hématome intracrânien avait pu être résorbé convenablement. Tu sortirais sans doute de ton coma. « Quand et dans quel état ? », lui avais-je demandé. Il avait haussé les épaules et il avait maugréé qu'il n'en savait rien. Il avait ajouté que les séquelles seraient sans doute importantes, et probablement irréversibles, même, mais qu'il faisait son boulot, qu'il tentait simplement de sauver les vies. J'ai éclaté en sanglots, explosé et, agressive, lui ai dit, que de toute manière, il était hors de question que l'on te réopère une nouvelle fois, que tes chairs avaient été assez mutilées. Je lui ai rappelé pour la troisième fois ton refus catégorique de tout acharnement thérapeutique sur ta personne. Il m'a regardée d'un air hautain et a répondu laconiquement : « Reprenez-vous madame, la vie n'a pas de prix. Et, jusqu'à preuve du contraire, je suis le médecin ». Incrédule, je l'ai regardé. Il a détourné les yeux et est sorti.

Désespérée, je me suis assise sur le lit, je t'ai serré la main, embrassé les lèvres, me suis allongée près de toi. Le contact de ton corps m'a apaisée. Je me suis recroquevillée et serrée contre toi, en chien de fusil, cette position dans laquelle nous aimions tellement nous endormir. J'ai fermé les yeux et me suis assoupie. Tu m'as réconfortée. Tu m'as chuchoté des paroles tendres. Tu m'as demandé d'être forte et de t'aider…

L'infirmière de nuit est entrée. Cette dame, envoyée du ciel, m'a longuement écouté et beaucoup aidée.

Tu vois, mon Pierre adoré, je n'ai rien oublié.

Je t'ai aimé.
Je t'aime.
Je t'aimerai.

Table des matières

1. Décidément, le monde ne va pas bien — 9
2. La curieuse amie de maman — 23
3. La lettre égarée — 37
4. On ne meurt pas le 1er jour de l'été — 51
5. Un charmant petit village — 63
6. Ma femme est un tyran — 69
7. Surtout ne rien oublier — 75
8. Une lune de miel agitée — 81
9. Promenade au cimetière — 99
10. Te souviens-tu — 109